TZCCHH

Seconde édition.
Dépôt légal : avril 1989.
La Saison des cendres : I.S.B.N. : 2-906187-19-4
Légendes des contrées oubliées intégrale : I.S.B.N. : 2-84055-044-X

Conception graphique : TRAIT POUR TRAIT
Lettrage : Xavier DUVET

Achevé d'imprimer en mars 1996
sur les presses de l'imprimerie Lesaffre, à Tournai, Belgique.
Relié par Ouest Reliure à Rennes.

TAC
SSCHHLEEE
HOOO
HOOO
HOOO !
MAUDITE BESTIOLE !
VIEILLE BOURRIQUE, VAS-TU AVANCER ?!

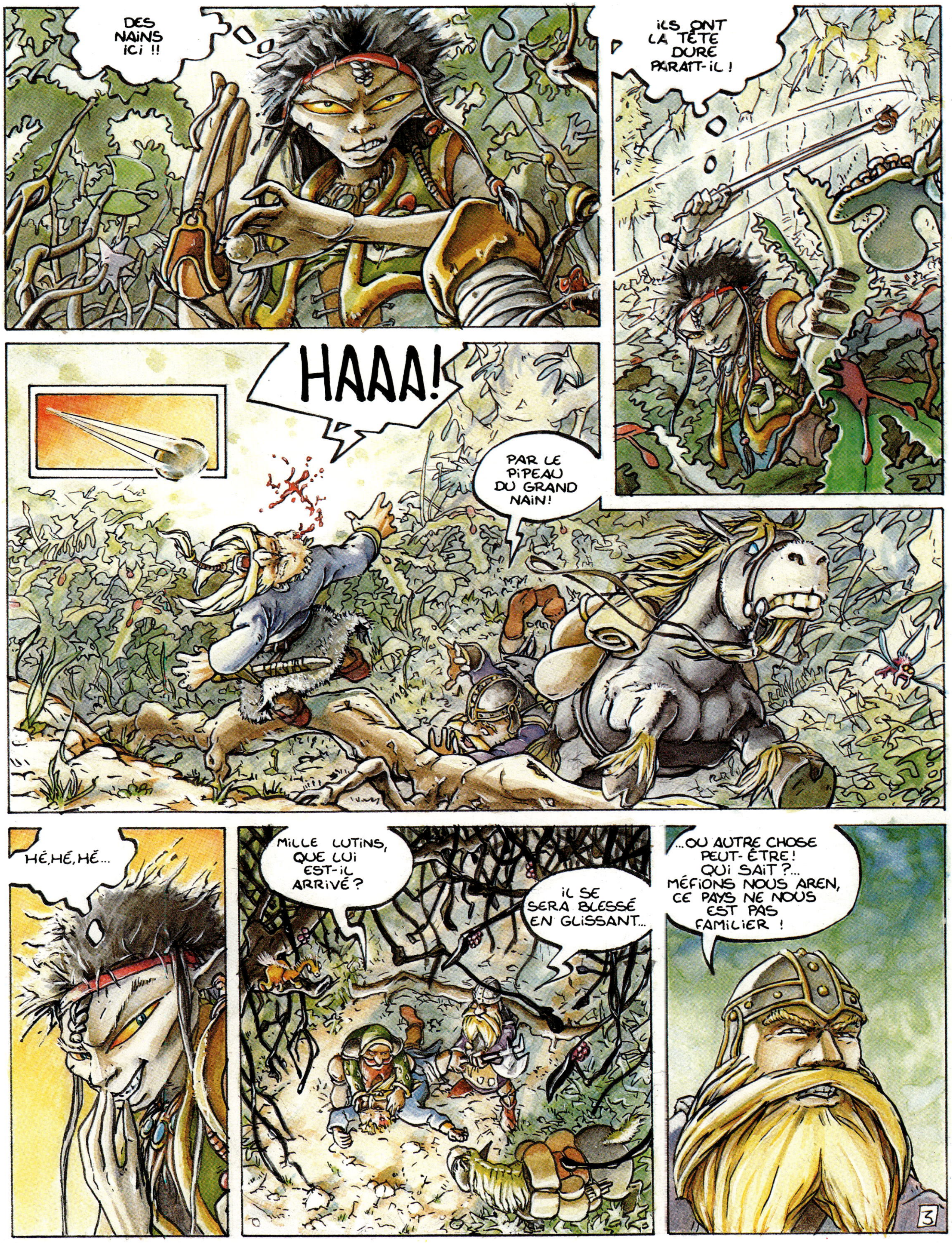
DES NAINS ICI !!
ILS ONT LA TÊTE DURE PARAIT-IL !
HAAA!
PAR LE PIPEAU DU GRAND NAIN!
HÉ,HÉ,HÉ...
MILLE LUTINS, QUE LUI EST-IL ARRIVÉ ?
IL SE SERA BLESSÉ EN GLISSANT...
...OU AUTRE CHOSE PEUT-ÊTRE! QUI SAIT ?... MÉFIONS NOUS AREN, CE PAYS NE NOUS EST PAS FAMILIER !
3

PAUVRE OTEN, CETTE MISSION NE LUI RÉUSSIT PAS. IL Y A DEUX JOURS SA MULE ET SES BIENS VOLÉS, ET LE VOILÀ MAINTENANT À MOITIÉ OCCIS!
ASSEZ RI! VOYONS SI LES NAINS SONT AUSSI IDIOTS ET RICHES QU'ON LE DIT DANS LE NORD...
LA PLAIE EST PROFONDE QUELLE POISSE!
SAVEZ-VOUS NAINS, QU'IL EST DANGEREUX DE FAIRE UN FEU DANS CETTE FORÊT? LE CRÉPUSCULE A DES YEUX... SOUVENT MALVEILLANTS !!
!?!
D'OÙ SORTEZ-VOUS?...
JE ME PRÉSENTE FIRFIN, VAGABOND ET À L'OCCASION GUÉRISSEUR DES HONNÊTES RACES...
...UN PETIT QUELQUE CHOSE ME DIT QUE JE POURRAIS ME RENDRE UTILE...
4

UN GUÉRISSEUR!! ...QUELLE AUBAINE NOREN, ON NE POUVAIT ESPÉRER MIEUX !
HUM... ESPÉRER MIEUX ?...
BIEN ENTENDU, J'EXERCE MON MODESTE ART MOYENNANT QUELQUES SELS PRÉCIEUX !
VOILÀ IL SERA BIENTÔT SUR PIED !
J'Y AI ÉTÉ UN PEU FORT QUAND MÊME !
CET OISEAU LÀ NE ME PLAIT PAS DU TOUT !
ET OÙ ALLIEZ-VOUS DONC AINSI SI LOIN DE VOS CONTRÉES ?
DANS LE NORD !!
!?... PAS BAVARDS LES NAINS !
...TSSS... FAISONS LES BOIRE À MA MANIÈRE...
EH BIEN, TRINQUONS AU BON DÉROULEMENT DE VOTRE VOYAGE...
MILLE LUTINS, NOUS EN AVONS GRAND BESOIN !!

FIRFIN ...BURP... T'ES L'AMI DES NAINS!
T'AS SAUVÉ OTEN...HIPS, ET ÇA JAMAIS ON L'OUBLIERA ...MOI JE VAIS TE DIRE...HIPS ...CE QU'ON VIENT FAIRE DANS CE PAYS DE MALHEUR...
PAS TROP TÔT!
CA FAIT MAINTENANT...HIPS ... DEUX SAISONS QU'ON EST PARTI ... NOTRE ROI EST MORT ... ET CELUI QUI DEVAIT LUI SUCCÉDER A DISPARU ... HIPS ... ILS Y A DE NOMBREUSES ANNÉES DANS LE NORD... NOUS ON LE CONNAIT... BURP... MÊME PAS !! IL S'APPELLE RAKEN ET VIT AU DO...
TAIS-TOI AREN !! TU PARLES TROP QUAND TU BOIS !
ALORS LAISSE LE BOIRE!
Un peu plus tard...
LA DROGUE LES A SEULEMENT ENDORMIS, DOMMAGE... J'AURAIS AIMÉ EN SAVOIR PLUS!
... MAIS ILS EN CACHENT TROP POUR QUE CE SOIT ANODIN...
IL Y A CERTAINEMENT BEAUCOUP PLUS À LEUR PRENDRE QUE DEUX MULES ET QUELQUES SELS !
...HÉ, HÉ, HÉ... DES NAINS RECHERCHANT UN ROI QU'ILS NE CONNAISSENT MÊME PAS !... HÉ, HÉ C'EST BIEN UNE HISTOIRE NAINE ÇA!
LES PAUVRES FOUS!
HAAA... PAR LE PIPEAU DU GRAND NAIN, J'AI LA TÊTE LOURDE COMME UN CHAGRIN DE GÉANT !
6

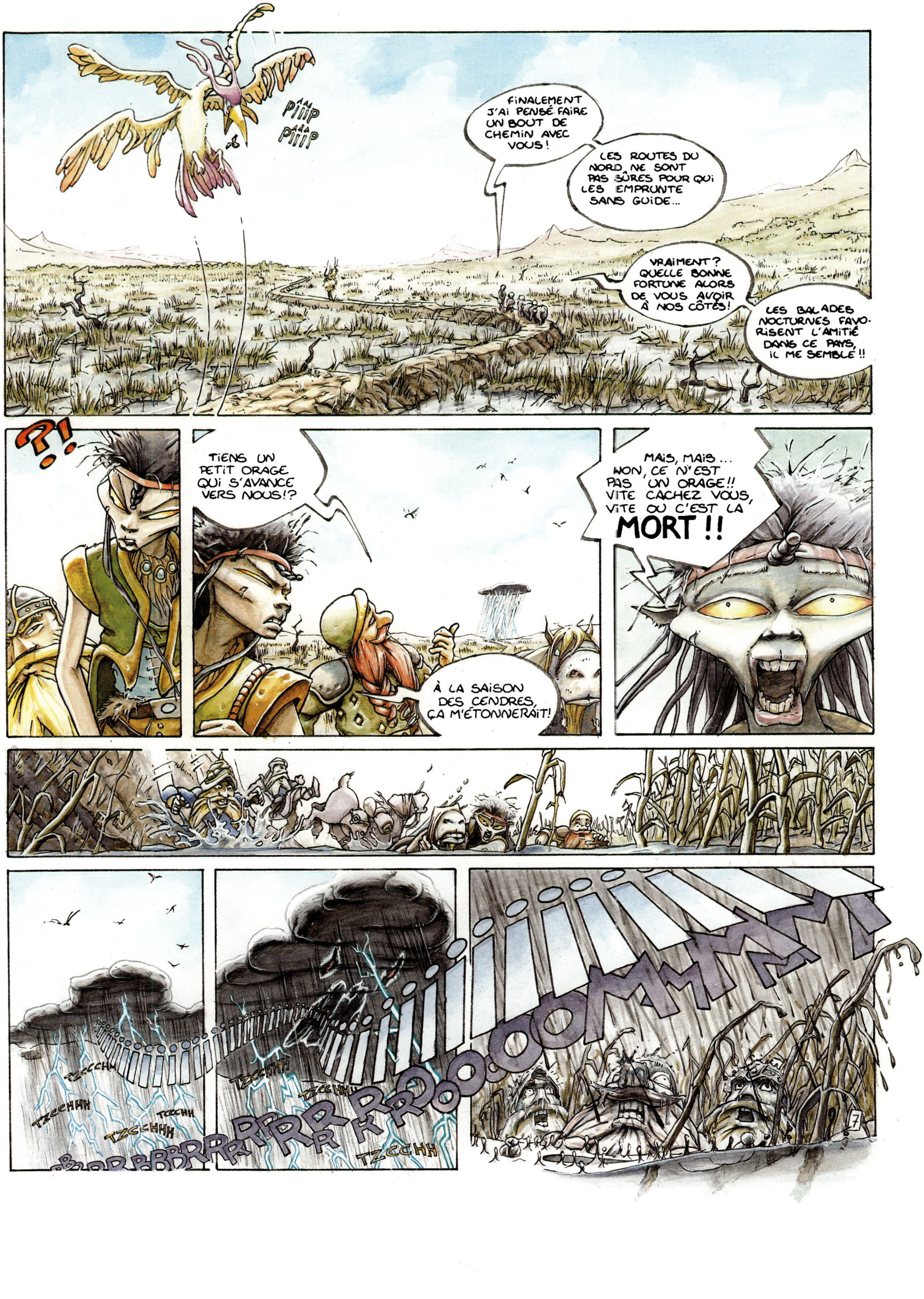
PiiiP PiiiP
FiNALEMENT J'Ai PENSÉ FAiRE UN BOUT DE CHEMIN AVEC VOUS!
LES ROUTES DU NORD NE SONT PAS SÛRES POUR QUI LES EMPRUNTE SANS GUIDE...
VRAiMENT? QUELLE BONNE FORTUNE ALORS DE VOUS AVOIR À NOS CÔTÉS!
LES BALADES NOCTURNES FAVORiSENT L'AMiTiÉ DANS CE PAYS, iL ME SEMBLE!!
?!
TiENS UN PETiT ORAGE QUi S'AVANCE VERS NOUS!?
À LA SAiSON DES CENDRES, ÇA M'ÉTONNERAiT!
MAiS, MAiS... NON, CE N'EST PAS UN ORAGE!! ViTE CACHEZ VOUS, ViTE OU C'EST LA MORT!!
TZCCHHH
TZCCHHH
BRRRRRRRRRRRRRROOOOOOMMMM
TZCCHH

TZCCHH
TZCCHH
TZCCHH
TZCCHH
BRRRRRROCOMM
PIIIP
PIIIP
PIIIP
PIIIP
PIIIP
PIIIP
PIIIP
ZZKKRRCHH
TROP DE GAIETÉ DANS CETTE CONTRÉE!!

QU'... QU'ÉTAIT CE ?!
UN CHEVALIER-TONNERRE !!!
QUELLE PUISSANCE TERRIFIANTE, JAMAIS VU ÇA !
QUEL PAYS !!
!?...OTEN !
BLUUB BLUUB
BLOUP BLOUP BLOUP
BLOUP BLOUP BLOUP BLOUP

JRRÛÛÛÛÛÛ
UN JAGGER !!
LES YEUX... FRAPPEZ LES YEUX !
JRRÛÛÛÛÛ
TUE PAS MES NAINS, SALOPERIE !!
HIIN
CRÈVE !!
BEURK !! ... QU'EST CE QUE ÇA PUE !

PAUVRE OTEN, DÉCIDEMENT CE VOYAGE NE LUI RÉUSSIT VRAIMENT PAS !
VOILÀ, C'EST TOUJOURS LE MÊME PRIX ...
BIEN QUE JE NE TE CROIE PAS HONNÊTE DU TOUT FIRFIN, ACCEPTERAIS-TU DE NOUS SERVIR DE GUIDE ?
J'ACCEPTE !! ...MÊME DES EXCUSES AU SUJET DE MON HONNÊTETÉ...
NOUS IGNORONS TROP DE CHOSES ICI... QUE TOI TU CONNAIS ! SI C'EST DES SELS QUE TU DÉSIRES, TU EN AURAS, CROIS MOI...
ET OÙ DOIS-JE VOUS MENER ?
AU DOMAINE D'EWANDOR ...
EWANDOR !! VOILÀ UN LONG ET PÉRILLEUX VOYAGE...
ET SI TU M'EN CONTAIS UN PEU PLUS ?
TU SAIS DÉJÀ PRESQUE TOUT, AUTANT QUE NOUS DU MOINS !
TU ES FUTÉ NOREN ...MAIS JE SAURAI !
IL VOUS FAUDRA AUSSI ENGAGER UN MERCENAIRE...

Trois jours plus tard, bien plus au nord, ils arrivèrent à
Gaëdor
!...GHH!
12

CROTTE DE GÉANT, QUELLE VILLE !!
C'EST... C'EST PRESQUE AUSSI HAUT QUE NOS MONTAGNES !
MAIS PLUS MOUVEMENTÉ !
ALLONS-NOUS MONTER JUSQU'AU CIEL AINSI ?...
MES JAMBES NE ME PORTENT PLUS ...
HÉ, HÉ, PLUS DE PEINE NOUS Y SOMMES, AREN...
ICI COMMENCE LE QUARTIER DES HAUTES AUBERGES, ON Y TROUVE LES PLUS FAMEUX MERCENAIRES DU NORD !
13

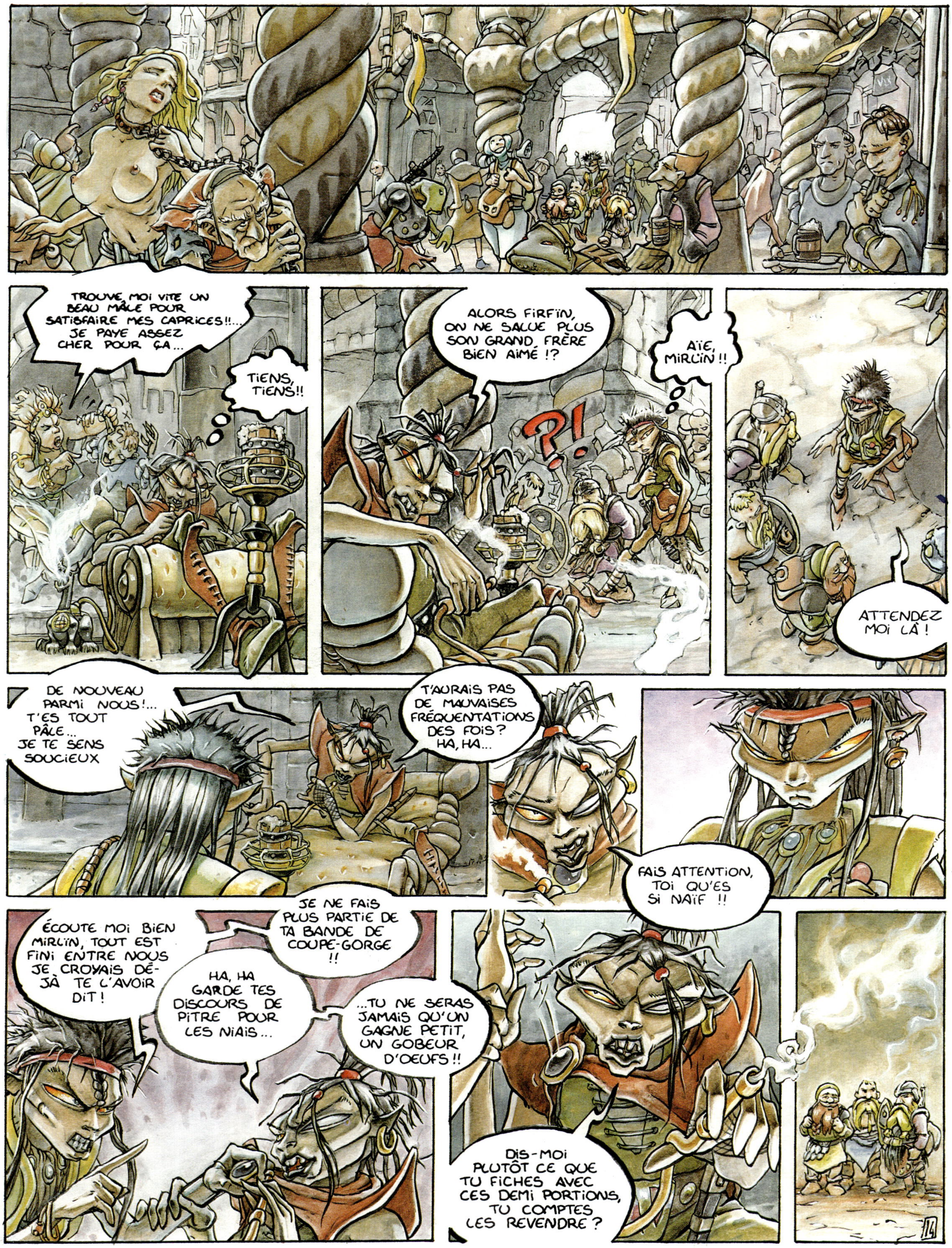
TROUVE MOI VITE UN BEAU MÂLE POUR SATISFAIRE MES CAPRICES !!... JE PAYE ASSEZ CHER POUR ÇA...
TIENS, TIENS !!
ALORS FIRFÏN, ON NE SALUE PLUS SON GRAND FRÈRE BIEN AIMÉ !?
?!
AÏE, MIRLÏN !!
ATTENDEZ MOI LÀ !
DE NOUVEAU PARMI NOUS !... T'ES TOUT PÂLE... JE TE SENS SOUCIEUX
T'AURAIS PAS DE MAUVAISES FRÉQUENTATIONS DES FOIS ? HA, HA...
FAIS ATTENTION, TOI QU'ES SI NAÏF !!
ÉCOUTE MOI BIEN MIRLÏN, TOUT EST FINI ENTRE NOUS JE CROYAIS DÉJÀ TE L'AVOIR DIT !
JE NE FAIS PLUS PARTIE DE TA BANDE DE COUPE-GORGE !!
HA, HA GARDE TES DISCOURS DE PITRE POUR LES NIAIS...
...TU NE SERAS JAMAIS QU'UN GAGNE PETIT, UN GOBEUR D'OEUFS !!
DIS-MOI PLUTÔT CE QUE TU FICHES AVEC CES DEMI PORTIONS, TU COMPTES LES REVENDRE ?
14

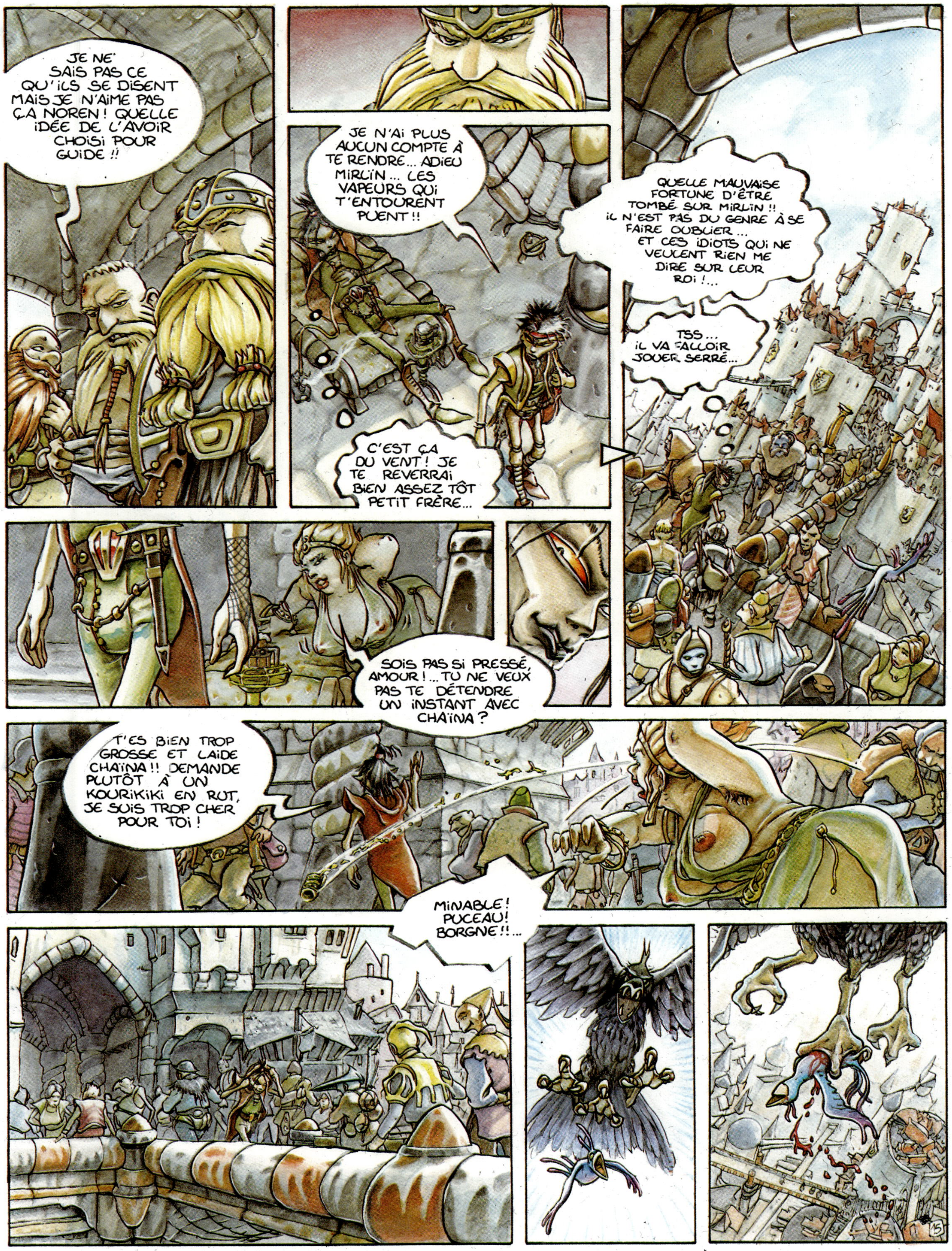
JE NE SAIS PAS CE QU'ILS SE DISENT MAIS JE N'AIME PAS ÇA NOREN ! QUELLE IDÉE DE L'AVOIR CHOISI POUR GUIDE !!
JE N'AI PLUS AUCUN COMPTE À TE RENDRE... ADIEU MIRLIN... LES VAPEURS QUI T'ENTOURENT PUENT !!
C'EST ÇA DU VENT ! JE TE REVERRAI BIEN ASSEZ TÔT PETIT FRÈRE...
QUELLE MAUVAISE FORTUNE D'ÊTRE TOMBÉ SUR MIRLIN !! IL N'EST PAS DU GENRE À SE FAIRE OUBLIER... ET CES IDIOTS QUI NE VEULENT RIEN ME DIRE SUR LEUR ROI !...
TSS... IL VA FALLOIR JOUER SERRÉ...
SOIS PAS SI PRESSÉ, AMOUR !... TU NE VEUX PAS TE DÉTENDRE UN INSTANT AVEC CHAÏNA ?
T'ES BIEN TROP GROSSE ET LAIDE CHAÏNA !! DEMANDE PLUTÔT À UN KOURIKIKI EN RUT, JE SUIS TROP CHER POUR TOI !
MINABLE ! PUCEAU ! BORGNE !!...

...JE REFUSE, SEUL UN DÉMENT ACCEPTERAIT UNE TELLE EXPÉDITION !
...HA, HA, HA, MÊME AVEC UNE ARMÉE JE N'IRAIS PAS !! HA, HA...
...TROP LOIN ET TROP DANGEREUX, C'EST NON !
Bien des auberges après...
...VOUS NE TROUVEREZ PERSONNE, LE GRAND NORD N'EST PLUS PARCOURU DEPUIS LONGTEMPS...
DE PLUS, J'AI APPRIS QU'IL Y A DEUX JOURS, HÛRL LE GRAND MAÎTRE DES CHEVALIERS-TONNERRE A ÉTÉ APERÇU CHEVAUCHANT VERS LE PAYS "OÙ NUL NE VA"...
HÛRL !! C'EST DONC LUI QUE NOUS AVONS ÉVITÉ !
SI VOUS L'AVEZ CROISÉ, VOUS POSSÉDEZ DEUX VIES ! ON N'ÉCHAPPE PAS À HÛRL MÊME EN RÊVE !
IL NOUS A PRIS POUR DES MENTEURS !
ALORS QUE LE GRAND VENT L'EMPORTE !... QU'ALLONS NOUS FAIRE MAINTENANT QUE TOUS ONT REFUSÉ ?
JE SAIS !! NOUS ALLONS ACHETER UN ESCLAVE AKEÏ, ILS SONT FORTS, BRAVES ET EN GÉNÉRAL FIDÈLES À LEUR MAÎTRE !
ON LES DIT BÊTES AUSSI !
AH AREN, POURQUOI LE CONSEIL NAIN NOUS A-T-IL CHARGÉS DE RETROUVER NOTRE NOUVEAU ROI AU DOMAINE DE CET EWANDOR !? ...QUELLE DÉRISION...
16

BOK
BOK
J'ESPÈRE QUE TU NE NOUS A PAS FAIT VENIR ICI POUR RIEN, MIRLIN!
POURQUOI? VOUS DEVIEZ VOUS FAIRE PENDRE AILLEURS!?
FIRFIN EST REVENU!...
IL TRAFIQUE AVEC DES NAINS!

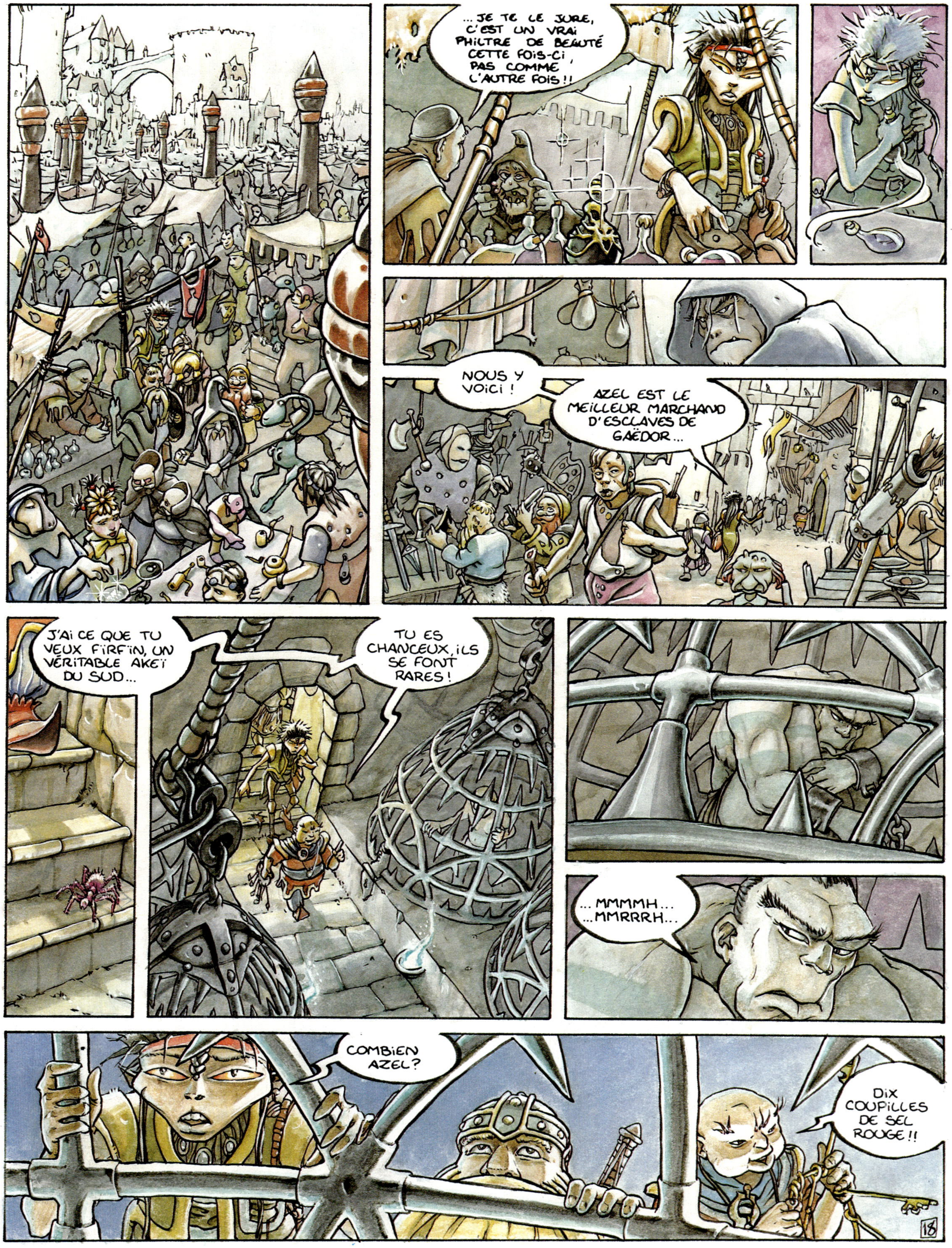
... JE TE LE JURE, C'EST UN VRAI PHILTRE DE BEAUTÉ CETTE FOIS-CI, PAS COMME L'AUTRE FOIS !!
NOUS Y VOICI !
AZEL EST LE MEILLEUR MARCHAND D'ESCLAVES DE GAËDOR...
J'AI CE QUE TU VEUX FIRFIN, UN VÉRITABLE AKEÏ DU SUD...
TU ES CHANCEUX, ILS SE FONT RARES !
... MMMMH...
...MMRRRH...
COMBIEN AZEL?
DIX COUPILLES DE SEL ROUGE !!

QUOI !... MAIS TU ES LE ROI DES VOLEURS !
VENANT DE TOI ME TRAITER DE VOLEUR M'AMUSE FIRFÏN !...
MAIS C'EST UNE LÉGENDE VIVANTE CET AKEÏ, VOIS-TU, DIX-NEUF FOIS CONDAMNÉ À MORT DANS LES ROYAUMES DU SUD,
MARQUÉ DU SCEAU DU DRAGON...
À CE PRIX LÀ, JE VÉRIFIE LES LÉGENDES !!
LAISSE ! MARCHÉ CONCLU, LE PRIX M'IMPORTE PEU...
...MMRRH...
PETIT HOMME ÊTRE MON MAÎTRE ? ...MMRRH...
VOICI NOTRE NOUVEAU COMPAGNON DE ROUTE, MORKAÏ !
PETITS HOMMES DRÔLES, HA, HA, HA...
CROTTE DE GÉANT !! UN GÉANT !
...PETITS HOMMES GENTILS AVOIR AFFRANCHI MORKAÏ !...
MORKAÏ TRÈS FAIM MAINTENANT...
NAINS ! NOUS SOMMES DES NAINS MORKAÏ, PAS DES PETITS HOMMES !
OUI NAIN, HA, HA, HA NAIN, NAIN, HA, HA, HA...
TU T'ES FAIT ROULER, NOREN ! CE GUERRIER EST STUPIDE !!
MILLE LUTINS, TU N'ES JAMAIS CONTENT DE RIEN TOI ! ESTIME TOI PLUTÔT HEUREUX QU'IL NE RÉALISE PAS OÙ NOUS ALLONS !
NOUS PARTIRONS DEMAIN MATIN À L'AUBE...

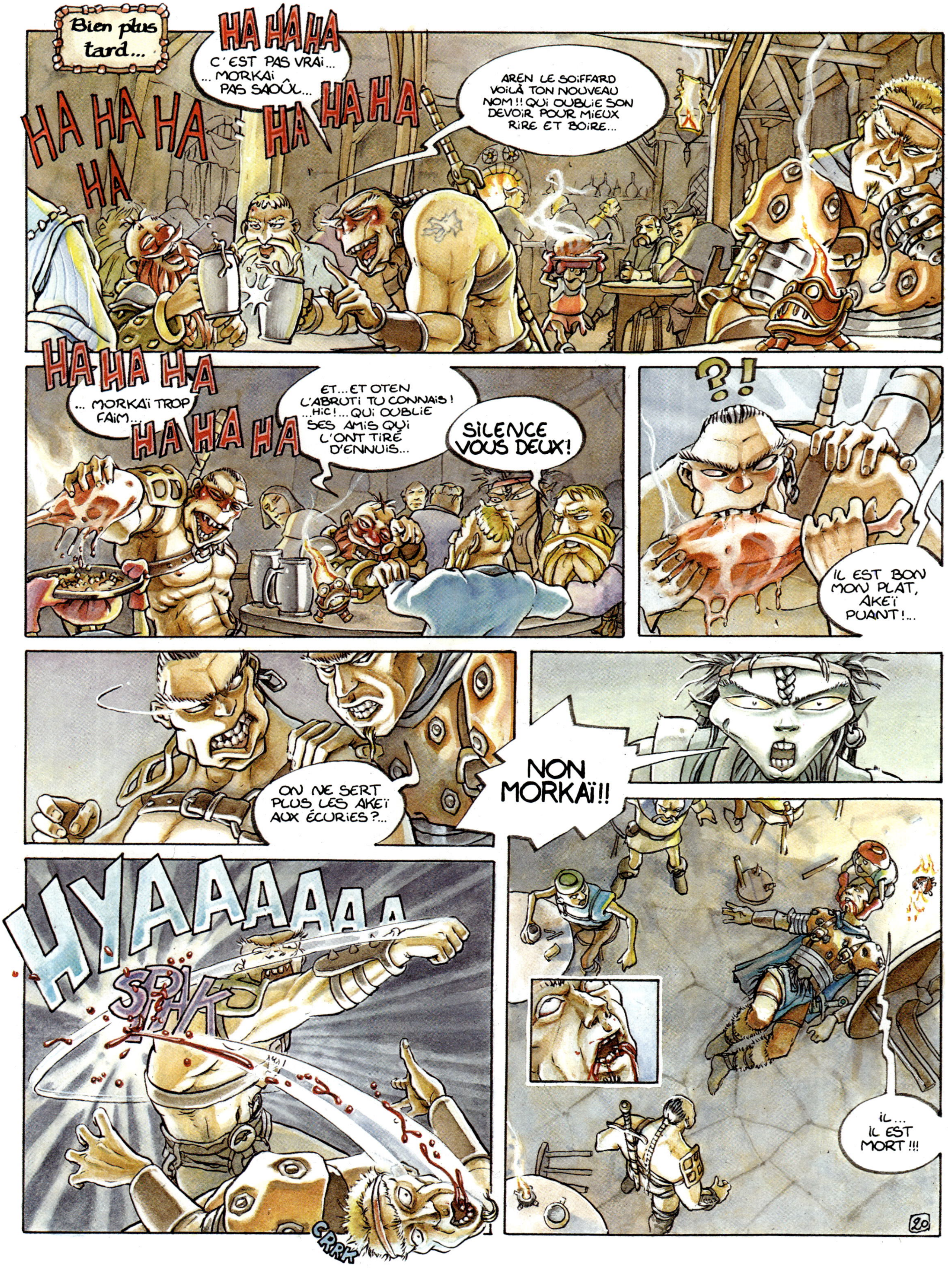

Bien plus tard...
HA HA HA
C'EST PAS VRAi... ... MORKAÏ PAS SAOÛL...
HA HA HA HA HA
HA HA HA
AREN LE SOIFFARD VOiLÀ TON NOUVEAU NOM !! QUi OUBLiE SON DEVOiR POUR MiEUX RiRE ET BOiRE...
HA HA HA HA
... MORKAÏ TROP FAiM...
HA HA HA HA
ET... ET OTEN L'ABRUTi TU CONNAiS ! ...HiC ! ... QUi OUBLiE SES AMiS QUi L'ONT TiRÉ D'ENNUiS...
SiLENCE VOUS DEUX !
?!
iL EST BON MON PLAT, AKEÏ PUANT !...
ON NE SERT PLUS LES AKEÏ AUX ÉCURiES ?...
NON MORKAÏ !!
HYAAAAAAA
SPIK
CRRK
iL... iL EST MORT !!!
20

FFUUUÜIIIIIIIIIII
À LA PLATEFORME, VITE !
LIBÈRE UN AUTRE FLYSLIM, NOREN !
KLING
EH... ATTENDRE... ATTENDRE MORKAÏ !
ON NE VA PAS TRAÎNER CETTE BRUTE ?!
SI !
HAN... HAN... HAN...
UUUUÂÂÂ
!!
HAAA HAAA
HA, HA, HA...
VITE AREN... VITE !

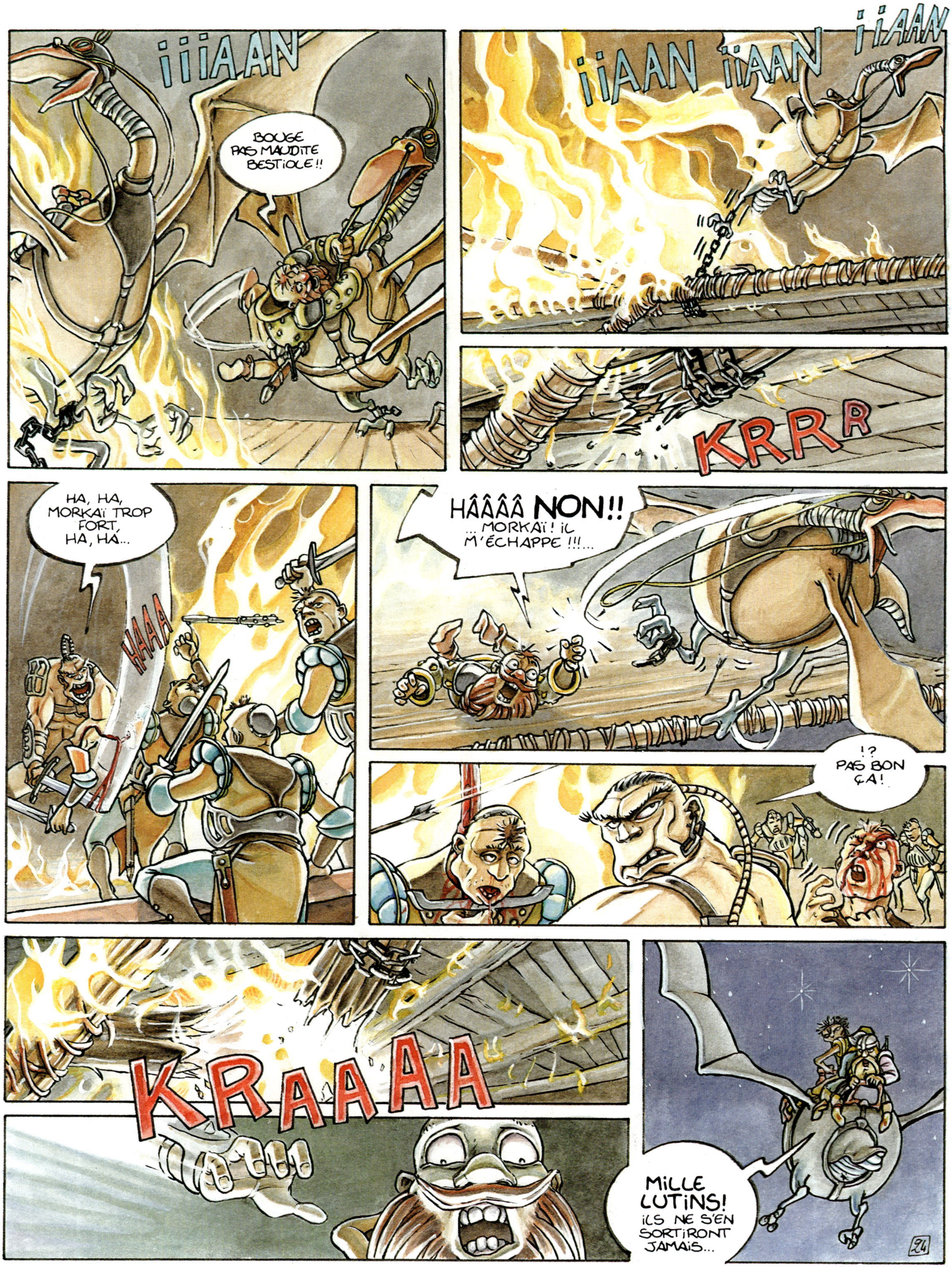
iiiAAN
BOUGE PAS MAUDITE BESTIOLE !!
iiAAN iiAAN iiAAN
KRRR
HA, HA, MORKAÏ TROP FORT, HA, HA...
HAAA
HÂÂÂÂ NON!! ...MORKAÏ ! IL M'ÉCHAPPE !!!...
!? PAS BON ÇA !
KRAAAAA
MILLE LUTINS! ILS NE S'EN SORTIRONT JAMAIS...

KRRA
EH!! PETIT SLIM PAS PARTIR SEUL!
HEEEEEE
HA HA HA

IL A PERDU TROP DE SANG ET L'AUTRE NE VAUT GUÈRE MIEUX, IL NOUS FAUT CONTINUER À PIED !
A PIED !! OH NOON... ET NOS MULES QUI SONT RESTÉES À GAËDOR !
TOUT ÇA, C'EST DE LA FAUTE À MORKAÏ !
PAS VRAI ! ...FAUTE À L'AUBERGE, PAS À MORKAÏ !
NOUS RÈGLERONS NOS COMPTES PLUS TARD ! POUR LE MOMENT, METTONS LE PLUS DE DISTANCE ENTRE GAËDOR ET NOUS...
OUI !
¡¡¡AAAN ¡¡¡AAAN
¡AAAN
PAS SOUFFRIR PETIT SLIM !!
KROCH

PAR LE PIPEAU DU GRAND NAIN, QUE S'EST-IL PASSÉ ICI ?!
CES IDIOTS ONT VOULU AFFRONTER HÛRL LE GRAND MAÎTRE DES CHEVALIERS-TONNERRE !
HÛRL TRÈS FORT !
HAHAHA
CE CASQUE TE REND RIDICULE !
EH BIEN, À MOI IL ME PLAÎT, OTEN LE RABAT-JOIE !
ASSEZ !
SUFFIT VOUS DEUX !
LE NORD VOUS REND-IL INCONSCIENTS ? ...J'EN REFERERAI AU CONSEIL NAIN !
PSSS... QUOI ÇA, CONSEIL NAIN ?
TU AS L'ÂME D'UN CHEF, NOREN !
...ET TOI CELLE D'UN PROFITEUR !
27

Bien plus au nord de Gaëdor
Les journées chassent les nuits qui passent
Dans le Grand Nord, autre décor
Le chemin lasse, leurs pas s'effacent...
Malin hasard est le destin
Plus loin dit on, un roi est nain ...
ICI COMMENCENT LES CONTRÉES DU "PAYS OÙ NUL NE VA". AVANT CE SOIR NOUS AURONS TRAVERSÉ LE DÉSERT DE HIAËM ET ATTEINT LA GORGE DES VENTS BRÛLANTS...
CROTTE DE GÉANT, QUELLE TROTTE!
OUI... ET LA DISCRÉTION SERA NOTRE MEILLEURE COMPAGNE!... MAIS PASSÉ CES OBSTACLES, LE DOMAINE D'EWANDOR NE SERA PLUS TRÈS LOIN!
ZÂ
GNÂ
IHÊ
ZÎÎ
ZÎPÎÎ
ZÎPÎ
ZÎPÎ
MORKAÏ FAIM, MORKAÏ CHASSER!
!?!
28

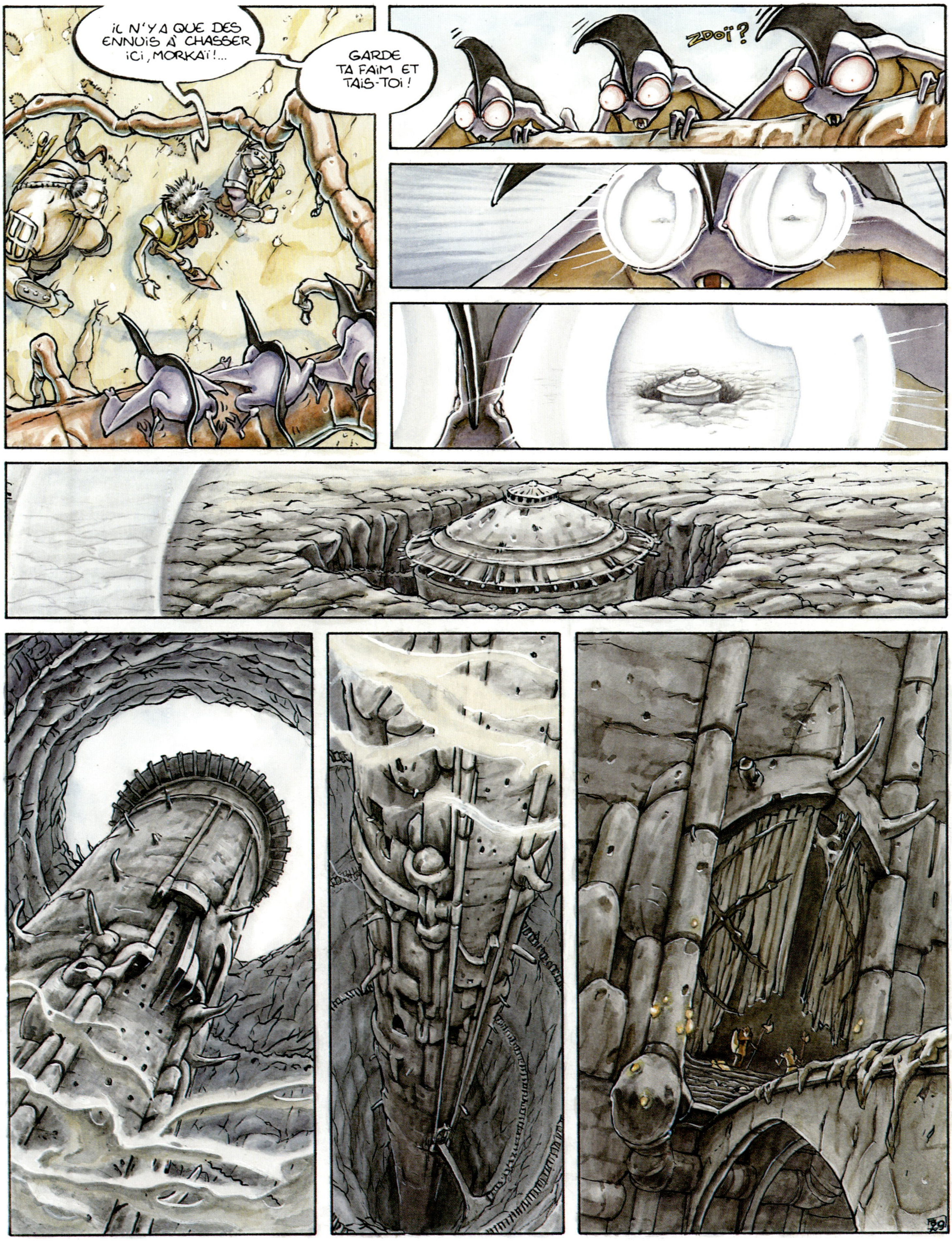
iL N'Y A QUE DES ENNUIS À CHASSER iCi, MORKAÏ !...
GARDE TA FAIM ET TAIS-TOI !
ZDOÏ ?

ÑNÑÑ...
MES PETITS ESPIONS ONT REPÉRÉ QUELQUE CHOSE...
ÑNÑÑ...
PARLEZ MES YEUX, SONDEZ LES ESPRITS...
...QUE VOULEZ-VOUS DIRE À SSÎN ? ÑÑÑÑ...
ÑÑÑÑ... DES NAINS !? OUI DES NAINS !
POURQUOI DES NAINS ?
ÑÑÑÑ... SONDEZ MES YEUX, SONDEZ...
...ÉTRANGE... BIEN ÉTRANGE ...ÑÑÑÑ
ÑÑÑÑ...
ILS ONT DE BIEN CURIEUSES MOTIVATIONS ...ÑÑÑÑ... ILS RECHERCHENT UN ROI NAIN...ÑÑÑÑ... CHEZ EWANDOR !!
PEUT-ON VRAIMENT ME CACHER QUELQUE CHOSE, HÜRL ?...
NON PUISSANCE PARMI LES PUISSANCES ! ...SEUL ÊTRE À QUI JE DOIVE OBÉISSANCE EN CE MONDE !

... ÑÑÑñññ ...
... ÑÑññ... MAIS OUI OUI ...
... ÑÑÑÑ... COMMENT N'Y AI-JE PAS SONGÉ AVANT ? UN ROI NAIN !
... ÑÑñññ... LES SOMBRES IMBÉCILES.. ÑÑñññ... HÖRL, NOUS VENONS D'ÉPOUSER LA CHANCE...MAIS D'ABORD...
...JHIÊF !!
PARS DE SUITE À LA GORGE DES VENTS BRÛLANTS AVEC TES MORBELINS, RAMÈNE-MOI TROIS NAINS ...
... ÑÑÑÑ ...TUE LES DEUX AUTRES ...
ÑÑÑÑñÑ... PAS D'ÉCHEC JHIÊF... PAS D'ÉCHEC !
MAÎTRE !
HÖRL...IL VA TE FALLOIR ANÉANTIR CE VIEIL EWANDOR SES PETITES INTRIGUES SONT ÉVENTÉES ...ÑÑñññ...
JE NE SUIS LÀ QUE POUR TE SERVIR ÖSSIN ! ACCORDE-MOI LA PUISSANCE DONT J'AI BESOIN ET J'ÉCRASERAI EWANDOR ET ENSUITE TOUT LE NORD !
... BIEN PLUS QUE LE NORD, HÖRL... BIEN PLUS... ÑÑññ ...
... QUAND J'AURAI LES NAINS ...

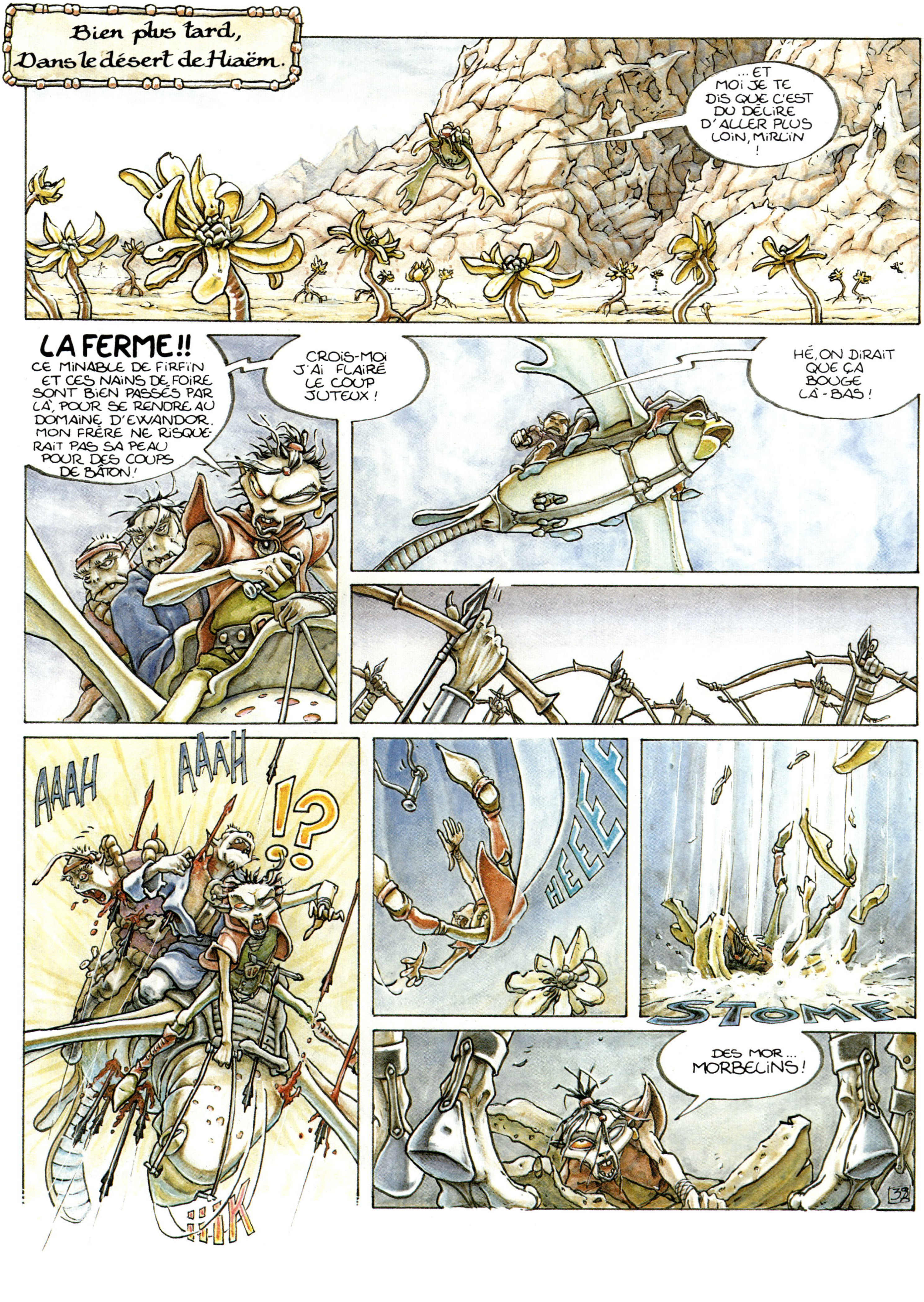
Bien plus tard,
Dans le désert de Hiaëm.
... ET MOI JE TE DIS QUE C'EST DU DÉLIRE D'ALLER PLUS LOIN, MIRLIN !
LA FERME !! CE MINABLE DE FIRFIN ET CES NAINS DE FOIRE SONT BIEN PASSÉS PAR LÀ, POUR SE RENDRE AU DOMAINE D'EWANDOR. MON FRÈRE NE RISQUERAIT PAS SA PEAU POUR DES COUPS DE BÂTON !
CROIS-MOI J'AI FLAIRÉ LE COUP JUTEUX !
HÉ, ON DIRAIT QUE ÇA BOUGE LÀ-BAS !
AAAH
AAAH
!?
HEEEE
STOME
DES MOR... MORBELINS !

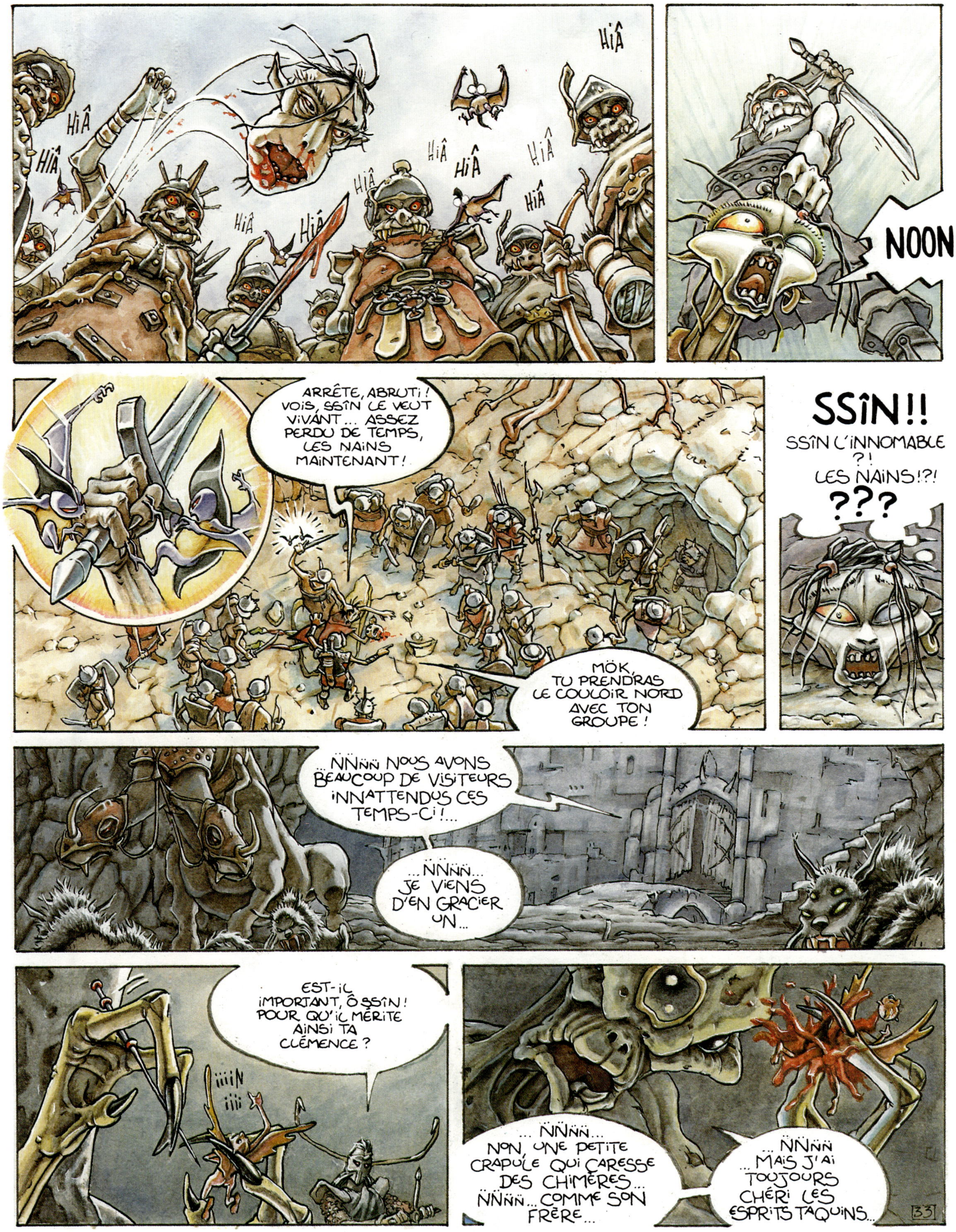
HIÂ
HIÂ
HIÂ
HIÂ
HIÂ
HIÂ
HIÂ
HIÂ
HIÂ
HIÂ
NOON!!
ARRÊTE, ABRUTI ! VOIS, SSÎN LE VEUT VIVANT... ASSEZ PERDU DE TEMPS, LES NAINS MAINTENANT !
MÖK, TU PRENDRAS LE COULOIR NORD AVEC TON GROUPE !
SSÎN !!
SSÎN L'INNOMABLE ?!
LES NAINS !?!
???
...ÑÑÑÑ NOUS AVONS BEAUCOUP DE VISITEURS INNATTENDUS CES TEMPS-CI !...
...ÑÑÑÑ... JE VIENS D'EN GRACIER UN...
EST-IL IMPORTANT, Ô SSÎN ! POUR QU'IL MÉRITE AINSI TA CLÉMENCE ?
iiiiN iiii
... ÑÑÑÑ... NON, UNE PETITE CRAPULE QUI CARESSE DES CHIMÈRES... ÑÑÑÑ... COMME SON FRÈRE...
... ÑÑÑÑ ... MAIS J'AI TOUJOURS CHÉRI LES ESPRITS TAQUINS...

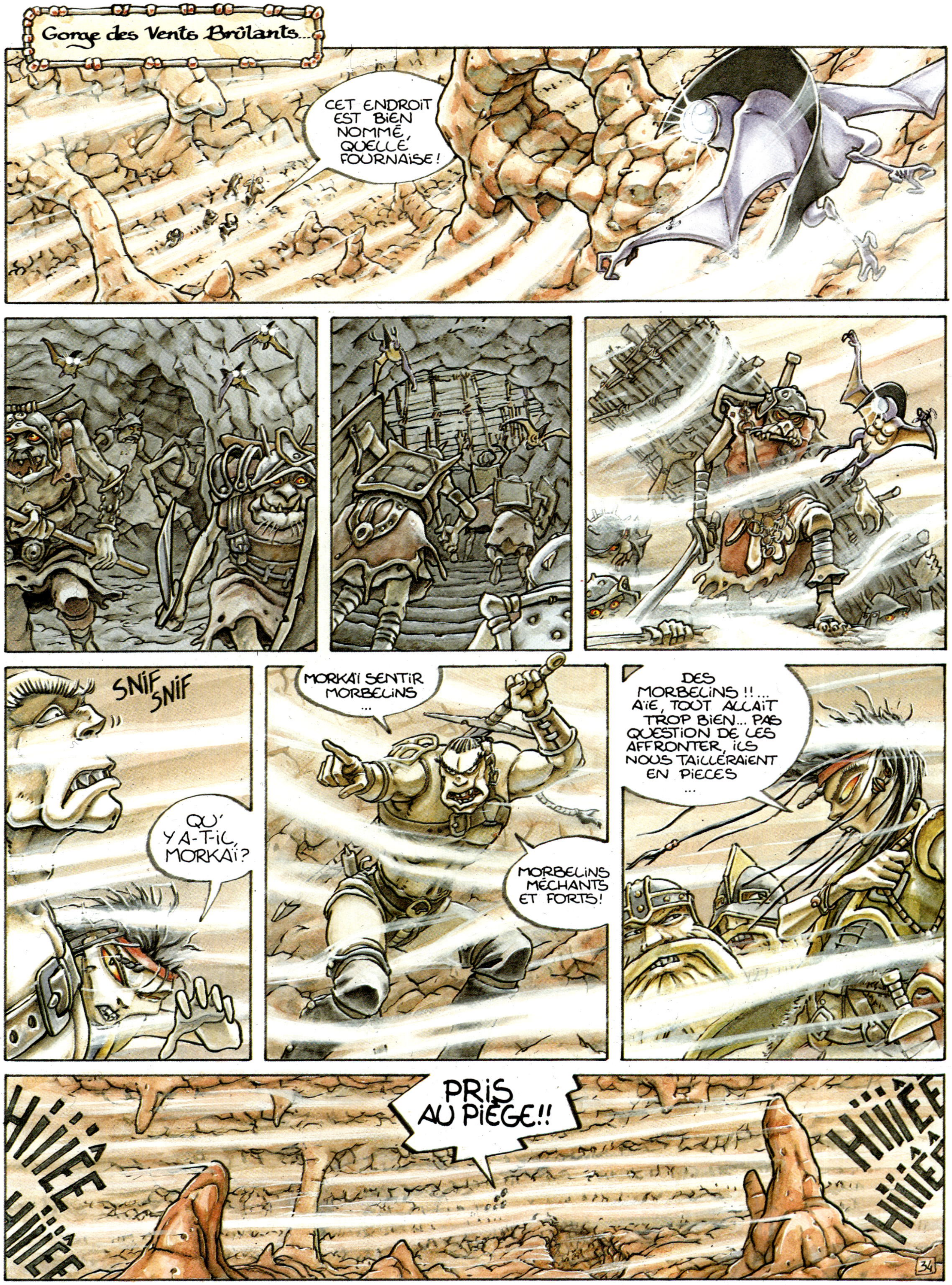
Gorge des Vents Brûlants...
CET ENDROIT EST BIEN NOMMÉ, QUELLE FOURNAISE !
SNIF SNIF
QU' Y A-T-IL, MORKAÏ ?
MORKAÏ SENTIR MORBELINS ...
MORBELINS MÉCHANTS ET FORTS !
DES MORBELINS !! ... AÏE, TOUT ALLAIT TROP BIEN... PAS QUESTION DE LES AFFRONTER, ILS NOUS TAILLERAIENT EN PIÈCES ...
HIIIÉE HIIIÉE
PRIS AU PIÈGE !!
HIIIÉE HIIIÉE
34

HIIÊÊ
ÎMPOSSIBLE DE LEUR ÉCHAPPER ! À COUVERT DANS CE SAILLANT !
MILLE LUTINS, JE CROYAIS QUE CES FLÉAUS VIVAIENT DANS LE SUD !
NE PEUT-ON NÉGOCIER AVEC CES GUEULARDS ?
TLOK
TING
LA FIOLE !
IL N'Y A QU'UN LANGAGE QU'ILS COMPRENNENT !
BUVEZ TOUS UNE PETITE GORGÉE DE CECI !
C'EST UN ÉLIXIR DE SAUVAGERIE DE SORCIÈRES D'IHZ...
ATTENTION À GRANDE DOSE CELA REND FOU !!
HIIEEEE
ET MOI ? ... MORKAÏ A TOUT BU !!!
AKEÏ IMBÉCILE TU T'ES CONDAMNÉ...
HIIÊÊ
HIIÊÊÊ

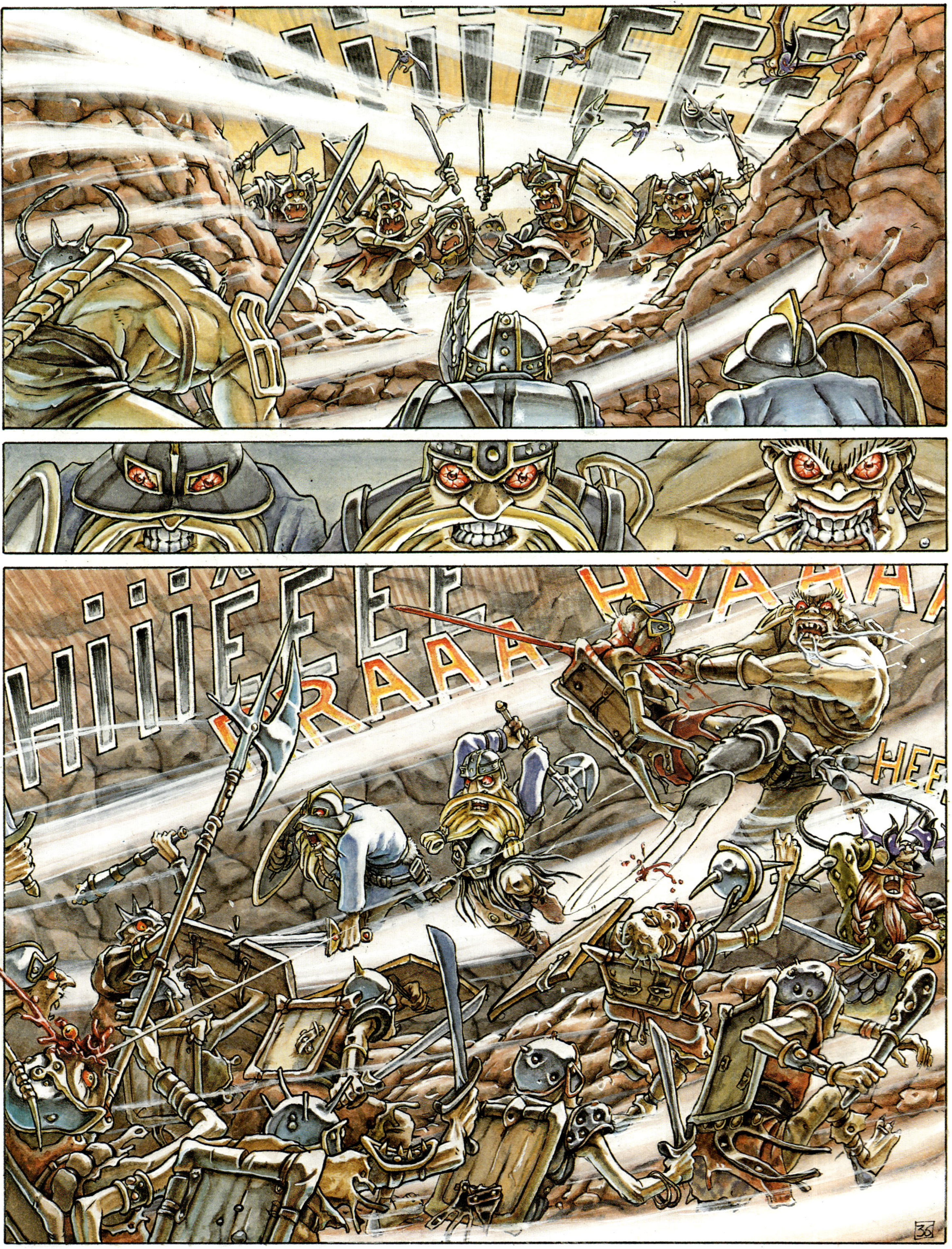
HiiiEEE
RAAAA
HYAAA
HEE

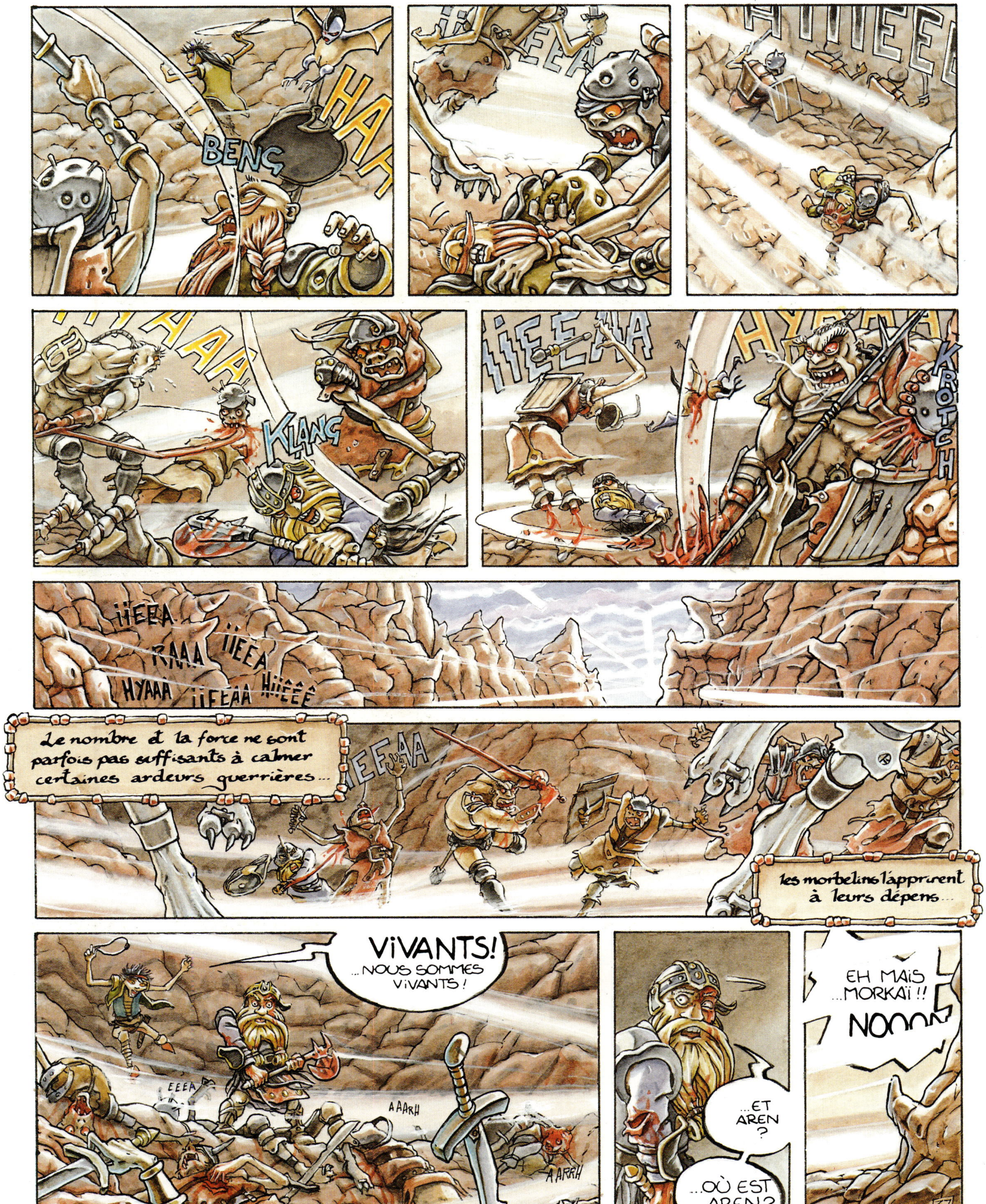
BENG
KLANG
KROTCH
¡¡EEA
RAAA
¡¡EEA
HYAAA
¡¡EEAA
Le nombre et la force ne sont parfois pas suffisants à calmer certaines ardeurs guerrières...
les morbelins l'apprirent à leurs dépens...
ViVANTS!
...NOUS SOMMES ViVANTS!
EEEA
AAARH
AARRH
...ET AREN ?
...OÙ EST AREN ?
EH MAiS ...MORKAÏ !!
NOOOO
37

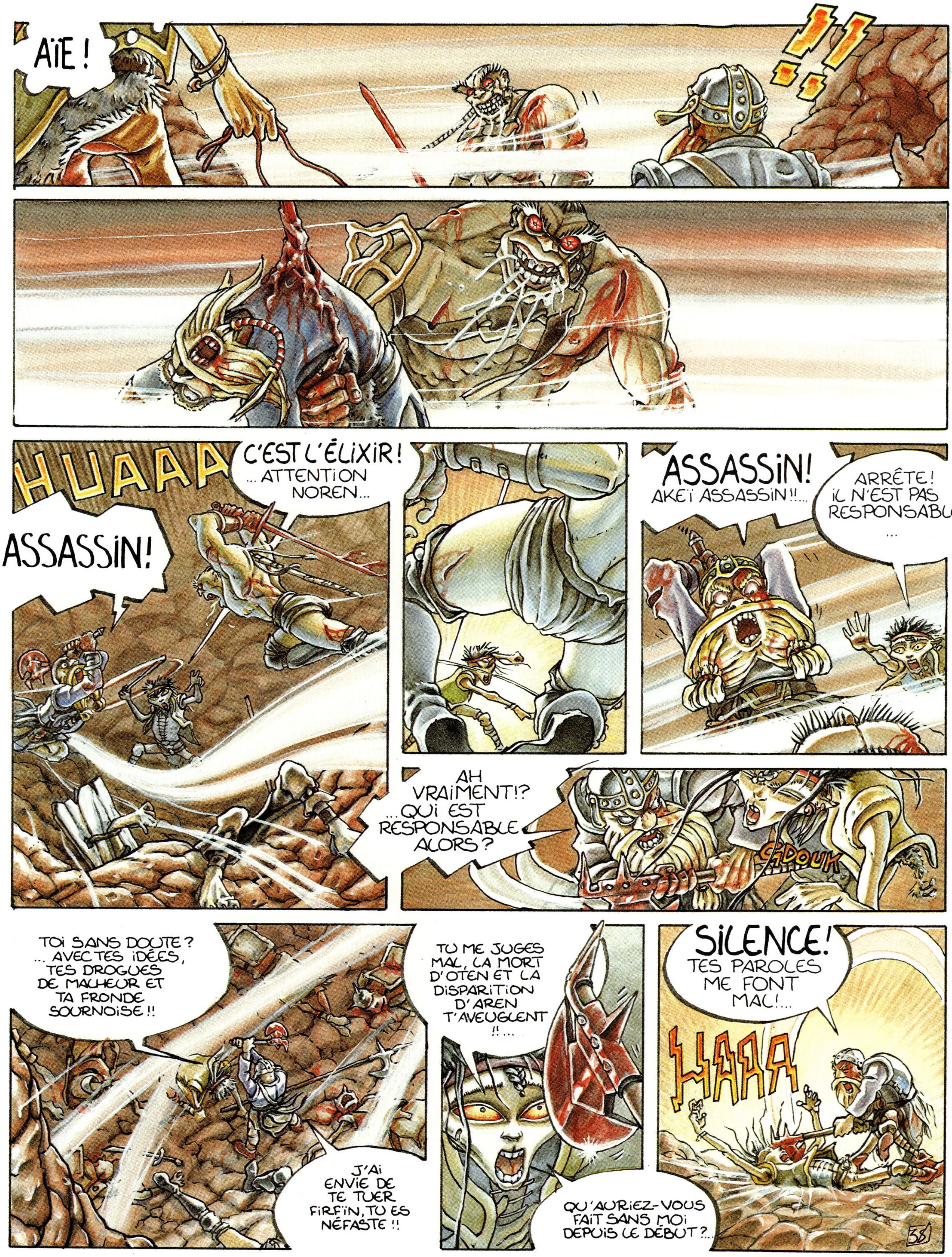
AÏE !
! !
HUAAA
C'EST L'ÉLIXIR ! ... ATTENTION NOREN...
ASSASSIN !
ASSASSIN ! AKEÏ ASSASSIN !!...
ARRÊTE ! IL N'EST PAS RESPONSABLE ...
AH VRAIMENT !? ...QUI EST RESPONSABLE ALORS ?
CHDOUK
TOI SANS DOUTE ? ... AVEC TES IDÉES, TES DROGUES DE MALHEUR ET TA FRONDE SOURNOISE !!
J'AI ENVIE DE TE TUER FIRFIN, TU ES NÉFASTE !!
TU ME JUGES MAL, LA MORT D'OTEN ET LA DISPARITION D'AREN T'AVEUGLENT !! ...
QU'AURIEZ-VOUS FAIT SANS MOI DEPUIS LE DÉBUT ?...
SILENCE ! TES PAROLES ME FONT MAL !...
HAAA

!!!
OTEN ! AREN ! ... MES DEUX SEULS AMIS... MORTS ! MAUDIT SOIT LE NORD... ET LES MISSIONS DU CONSEIL NAIN !
A la saison des cendres, les pleurs n'ont qu'une couleur...
..JE ...JE NE VOUL... CE N'EST PAS MA ...
NON RIEN !!
LE DOMAINE D'EWANDOR EST DROIT DEVANT NOUS NOREN, TON ROI ATTEND !
QUE FAIT-ON DE MORKAÏ ? JE PEUX ENCORE LE SOIGNER...
NON, LAISSE-LE !.. JE NE VEUX PLUS EN ENTENDRE PARLER ET... JE NE PEUX LUI PARDONNER !!
ZNÎG
ZNÎG
ZNÎG
ZNÎG

ENFIN, VOICI LE MARÉCAGE QU'INDIQUE LA CARTE...
EST-CE LE DOMAINE D'EWANDOR ?
JE N'EN SAIS RIEN !! LES RACONTARS QU'ON CHUCHOTE SUR CET ENDROIT NE M'ONT JAMAIS ATTIRÉ !
COMMENT ?!... TU NE CONNAIS PAS LE DOMAINE D'EWANDOR !?
JE N'AI PAS DE RAISON D'EN SAVOIR PLUS QUE TOI... ÉCOUTE, NOREN, NOUS NE SOMMES PLUS QUE DEUX, LA CONFIANCE S'IMPOSE...
IL EST TEMPS DE PARLER FRANC !!
PARLER FRANC ! CONFIANCE !! LE CULOT NE T'ÉTOUFFE PAS...
SI TU N'AS PAS CONFIANCE EN MOI, POURQUOI M'AS-TU PRIS COMME GUIDE ?
UN POÈME NAIN DIT CECI, FIRFIN...
"SI LOIN TU DOIS QUÉRIR, EMBAUCHE UN BON COQUIN ET FORTUNE À CHÉRIR, IL CONNAIT LE CHEMIN..."
LA SUITE NE TE PLAIRAIT SÛREMENT PAS !
TSSS... CE POÈME EST STUPIDE...
IL EST NAIN !!
A QUI VEUX-TU FAIRE CROIRE QUE TON ROI VIT SEUL DANS CET ENDROIT PERDU ?
A TOI !! QUAND TU L'AURAS COMPRIS TU VERRAS ENFIN LES CHOSES EN FACE ! ...RAKEN VIT CHEZ EWANDOR !
SI TU PENSES CELA, ALORS TU ES FOU ! EWANDOR N'EST QU'UNE VIEILLE LÉGENDE POUR LES ENFANTS... ET LES NAINS !! ICI NE RÈGNE QUE LE MAL ENGENDRÉ PAR LE "PAYS OÙ NUL NE VA" AUCUN ÊTRE NE PEUT Y VIVRE...
JE SUIS UN HABITANT DU NORD, NOREN, ET JE SAIS CE QUI EST !! TON CONSEIL NAIN T'A LEURRÉ... OU TU NE VEUX RIEN M'AVOUER !

ZIII
GAB
GAB
ZIII
UIK
NOUS ALLONS EXPLORER CES ÎLOTS...
TSSS !...
QUEL DRÔLE D'ENDROIT ! TON ROI A DES GOÛTS ÉTRANGES !
NE TE SOUCIE PAS DE SES GOÛTS... JE NE TE PAYE PAS POUR CELA !
CHTONGO?
TAP
!
MESURE TES PAROLES, NOREN, MESURE LES BIEN !
?!
HÉÉÉ...
QUE SE PASSE-T-IL ?
HEEEEEE
PAR LE PIPEAU DU GRAND NAIN !! C'EST LA FIN !
!!

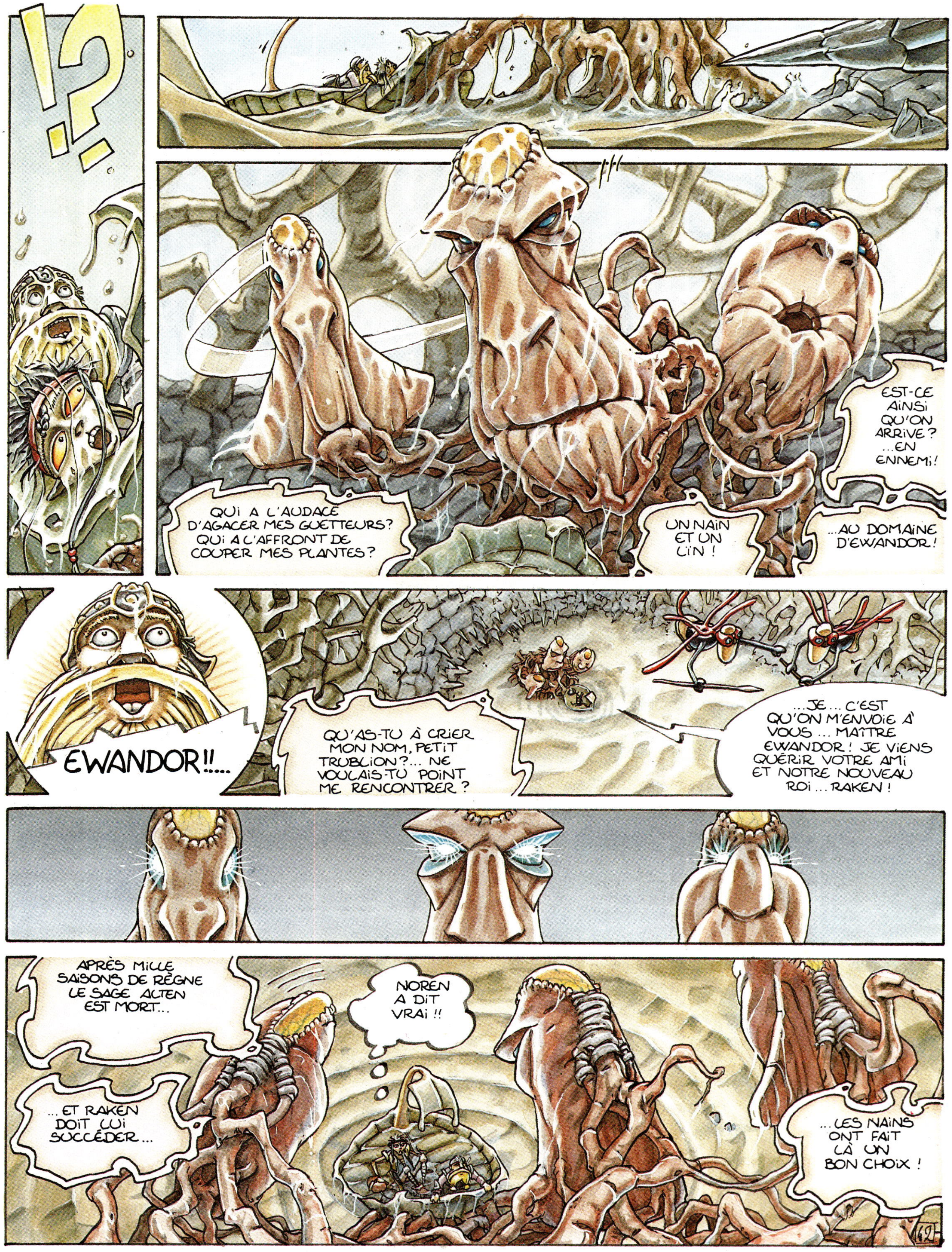
!?
QUI A L'AUDACE D'AGACER MES GUETTEURS? QUI A L'AFFRONT DE COUPER MES PLANTES?
UN NAIN ET UN LIN !
EST-CE AINSI QU'ON ARRIVE? ...EN ENNEMI!
...AU DOMAINE D'EWANDOR!
EWANDOR!!...
QU'AS-TU À CRIER MON NOM, PETIT TRUBLION?... NE VOULAIS-TU POINT ME RENCONTRER?
...JE... C'EST QU'ON M'ENVOIE À VOUS ... MAÎTRE EWANDOR! JE VIENS QUÉRIR VOTRE AMI ET NOTRE NOUVEAU ROI... RAKEN!
APRÈS MILLE SAISONS DE RÈGNE LE SAGE ALTEN EST MORT...
NOREN A DIT VRAI !!
...ET RAKEN DOIT LUI SUCCÉDER...
...LES NAINS ONT FAIT LÀ UN BON CHOIX !

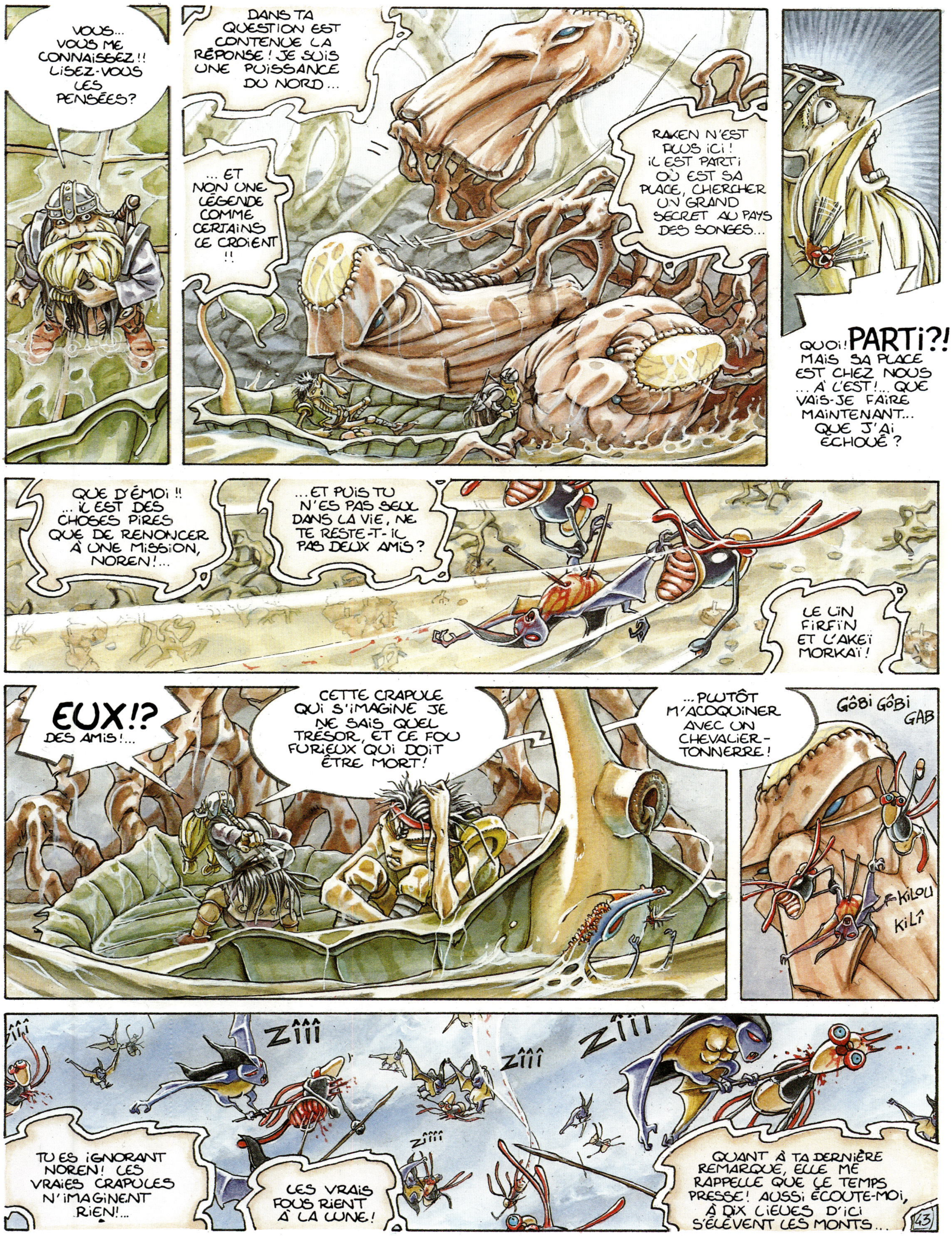
VOUS... VOUS ME CONNAISSEZ !! LISEZ-VOUS LES PENSÉES?
DANS TA QUESTION EST CONTENUE LA RÉPONSE ! JE SUIS UNE PUISSANCE DU NORD...
... ET NON UNE LÉGENDE COMME CERTAINS LE CROIENT !!
RAKEN N'EST PLUS ICI ! IL EST PARTI OÙ EST SA PLACE, CHERCHER UN GRAND SECRET AU PAYS DES SONGES...
QUOI ! PARTI ?!
MAIS SA PLACE EST CHEZ NOUS ... À L'EST !... QUE VAIS-JE FAIRE MAINTENANT... QUE J'AI ÉCHOUÉ ?
QUE D'ÉMOI !! ... IL EST DES CHOSES PIRES QUE DE RENONCER À UNE MISSION, NOREN !...
... ET PUIS TU N'ES PAS SEUL DANS LA VIE, NE TE RESTE-T-IL PAS DEUX AMIS ?
LE LIN FIRFIN ET L'AKEÏ MORKAÏ !
EUX !?
DES AMIS !...
CETTE CRAPULE QUI S'IMAGINE JE NE SAIS QUEL TRÉSOR, ET CE FOU FURIEUX QUI DOIT ÊTRE MORT !
... PLUTÔT M'ACOQUINER AVEC UN CHEVALIER-TONNERRE !
GÔBI GÔBI GAB
KILOU KILÎ
ZÎÎÎ
ZÎÎÎ
ZÎÎÎ
ZÎÎÎ
TU ES IGNORANT NOREN ! LES VRAIES CRAPULES N'IMAGINENT RIEN !...
LES VRAIS FOUS RIENT À LA LUNE !
QUANT À TA DERNIÈRE REMARQUE, ELLE ME RAPPELLE QUE LE TEMPS PRESSE ! AUSSI ÉCOUTE-MOI, À DIX LIEUES D'ICI S'ÉLÈVENT LES MONTS...

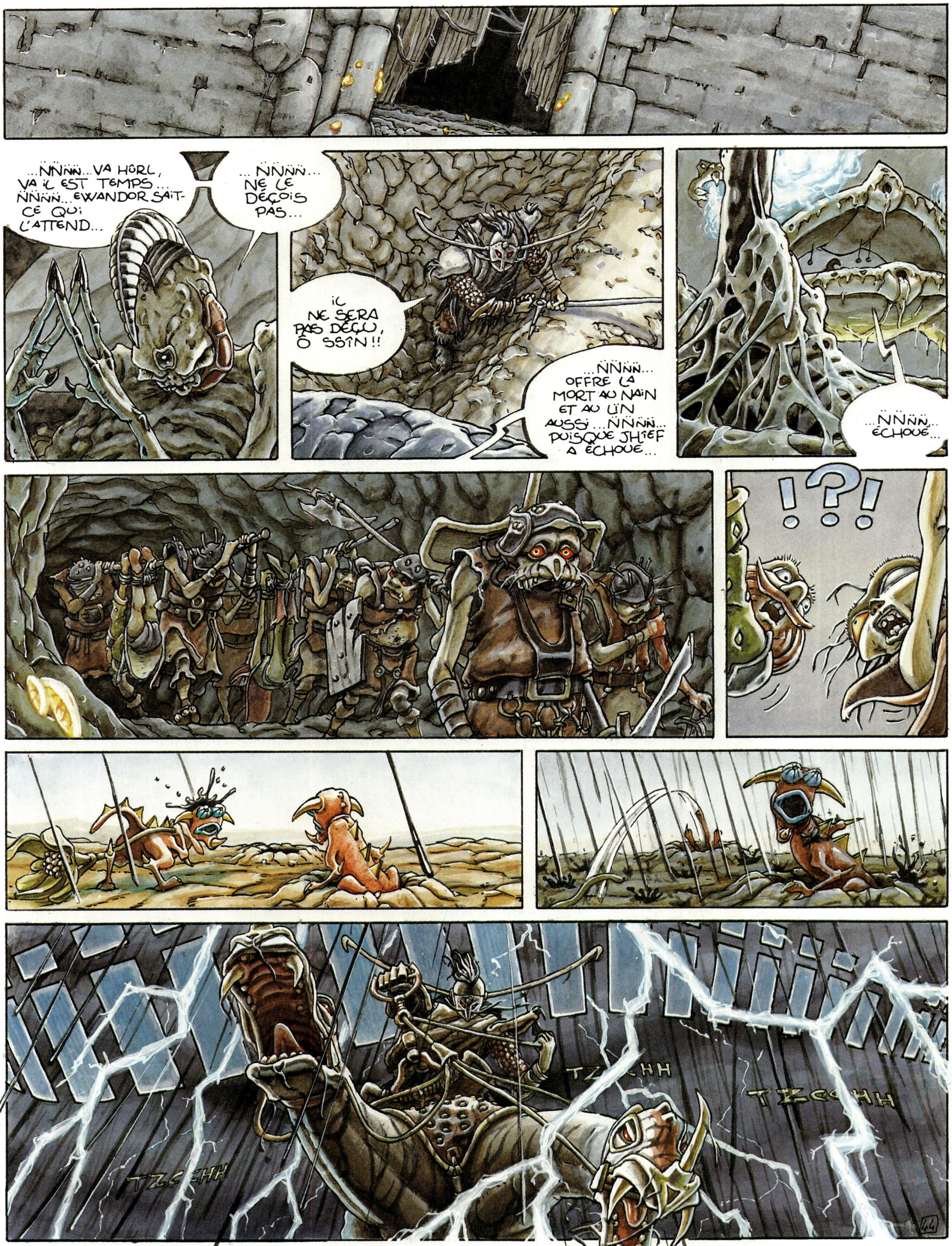
...ÑÑÑÑ... VA HÖRL, VA IL EST TEMPS... ÑÑÑÑ... EWANDOR SAIT-CE QUI L'ATTEND...
...ÑÑÑÑ... NE LE DÉÇOIS PAS...
IL NE SERA PAS DÉÇU, Ô SSIN!!
...ÑÑÑÑ... OFFRE LA MORT AU NAIN ET AU LÜN AUSSI...ÑÑÑÑ... PUISQUE JHIEF A ÉCHOUÉ...
...ÑÑÑÑ... ÉCHOUÉ...
!?!
TZCCHH
TZCCHH
TZCCHH
44

...PRENDS CETTE GRAINE NOREN, ELLE VOUS AIDERA À VOUS GUIDER UNE FOIS AU PAYS DES SONGES
VOUS AIDERA ! MAIS JE NE COMPTE PAS Y ALLER MOI, JE N'AI RIEN À GAGNER DANS CES HISTOIRES DE NAINS !
SI, LA VIE POUR LE MOMENT !!
PLUS TARD, CENT FOIS TON POIDS EN SEL ROUGE...
...QUE TE VERSERA RAKEN SI TU ACCOMPAGNES NOREN, BIEN SÛR !
CENT FOIS MON POIDS EN SEL ROUGE !!!
POURQUOI RAKEN VERSERAIT-IL PAREILLE SOMME À CE FÂCHEUX...DONT JE N'AI PAS BESOIN !
QUE SAIS-TU DE TES BESOINS ?
CONNAIS-TU LE PRIX DE LA VIE ?
PRÉDIS-TU LE DESTIN ?
SACHEZ ENFIN, QUE VOUS AVEZ ATTIRÉ L'ATTENTION D'UN ÊTRE PUISSANT, EXTRÊMEMENT PUISSANT...
QUI SOUFFRE D'UNE DOULEUR INFINIE, D'UN MAL AU-DELÀ DE VOTRE LANGAGE !
PRENEZ GARDE À LUI ! PRENEZ GARDE À VOUS ! PRENEZ GARDE À TOUT !!
ET N'OUBLIEZ PAS TOUT CE QUE JE VOUS AI DIT !
PARTEZ VITE, MAINTENANT...
LE TEMPS SE COUVRE...
45

MM'OUI... LA BELLE AFFAIRE QUE TOUT LE CHARABIA DE CE FARFELU À TROIS TÊTES !!
TCHAK TCHAK
PAYS DES SONGES ! GRAINE MYSTÉRIEUSE !
ÊTRE QUI SOUFFRE JE NE SAIS QUELS MAUX !
... ET RAKEN, CE ROI DE LA BOUGEOTTE ! MILLE LUTINS, QUEL NAIN EST-CE DONC LÀ ?!
TCHAK
SI SEULEMENT AREN ET OTEN ÉTAIENT À MES CÔTÉS !
SI MIRLIN SAVAIT CELA... CENT FOIS MON POIDS EN SEL !!
Suite dans : Le pays des Songe
Chevalier Ségur

Légendes des Contrées Oubliées

Le Pays des Songes

Scénario
Bruno CHEVALIER

Dessins
Thierry SÉGUR

DELCOURT

Dépôt légal : avril 1989. I.S.B.N. : 2-906187-20-8

Conception graphique : TRAIT POUR TRAIT
Lettrage : Xavier DUVET

Achevé d'imprimer en mars 1996
sur les presses de l'imprimerie Lesaffre, à Tournai, Belgique.
Relié par Ouest Reliure à Rennes.

BRROOMMM
BBBRRROOMMM
BRROOMM
BROOMM
BRRROO
BBBRRROOOOMMMM
ZDOÏ?
ZIGNANÔ

BRAOUM BROUM BRRRROOOOOMMMM
AINSI TE VOILÀ, HÛRL, GRAND MAÎTRE DES CHEVALIERS-TONNERRE !!...
IL Y A LONGTEMPS QUE JE T'ATTENDS...
TUEUR DE PUISSANCE ! VALET DE SSÎN !!
JE NE SUIS PAS VENU POUR ÉCOUTER DES MOTS, VIEIL EWANDOR !!
TU ES LÀ POUR ME TUER ! MAIS PEUT-ÊTRE ES-TU PRÉSOMPTUEUX ?!...
NOTRE COMBAT PEUT DURER PLUSIEURS SAISONS SANS QUE TU SOIS VAINQUEUR !!...
TU NE CONNAIS PAS MA PUISSANCE HÛRL !!
NON ET ELLE M'IMPORTE PEU !!
MAINTENANT VIENS EMBRASSER LE COURROUX DE MON MAÎTRE, SSÎN !!

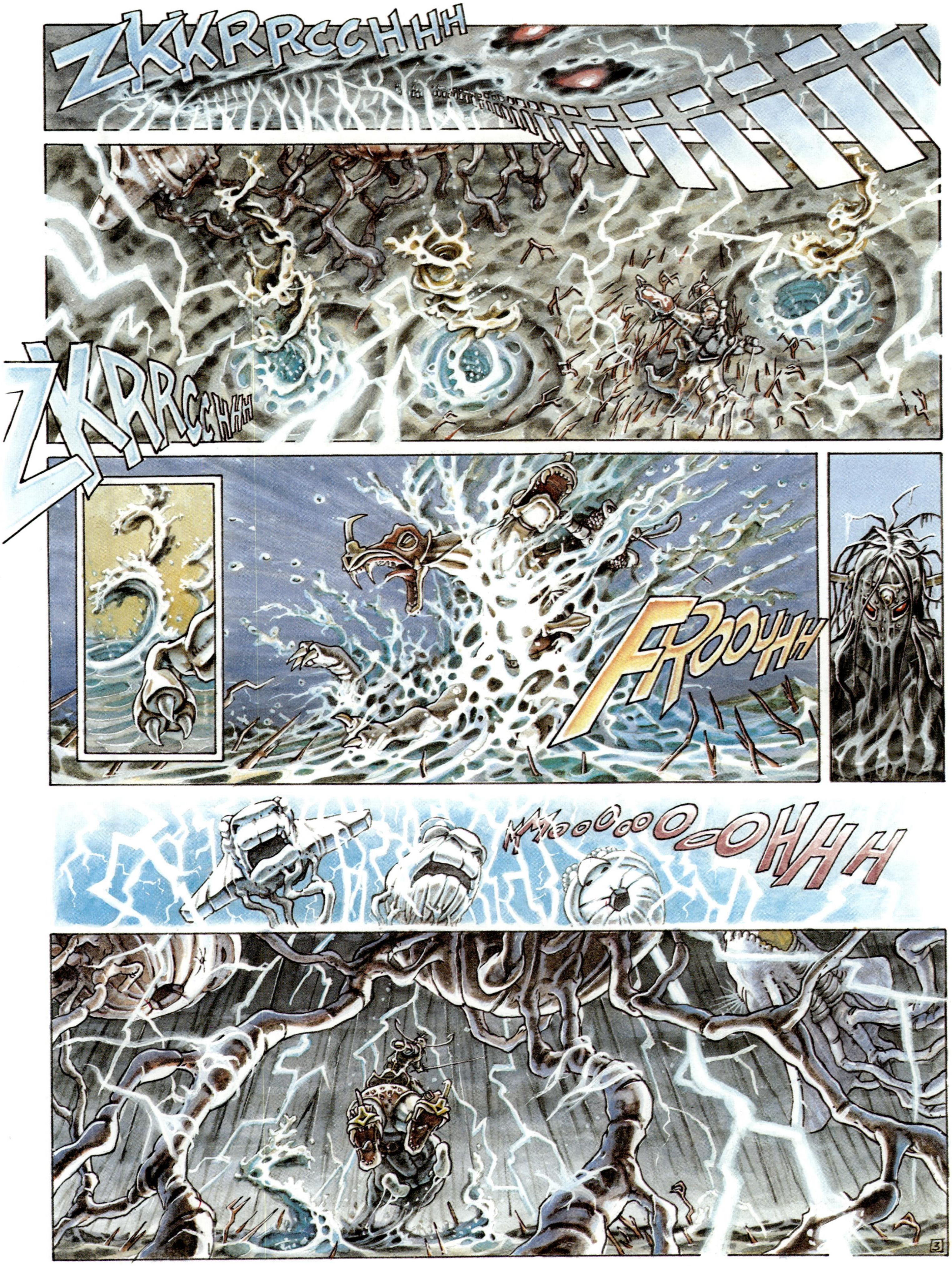
ZKKRRCCHHH
ZKRRCCHHH
FROOUHH
KMOOOOOO-OHHH
3

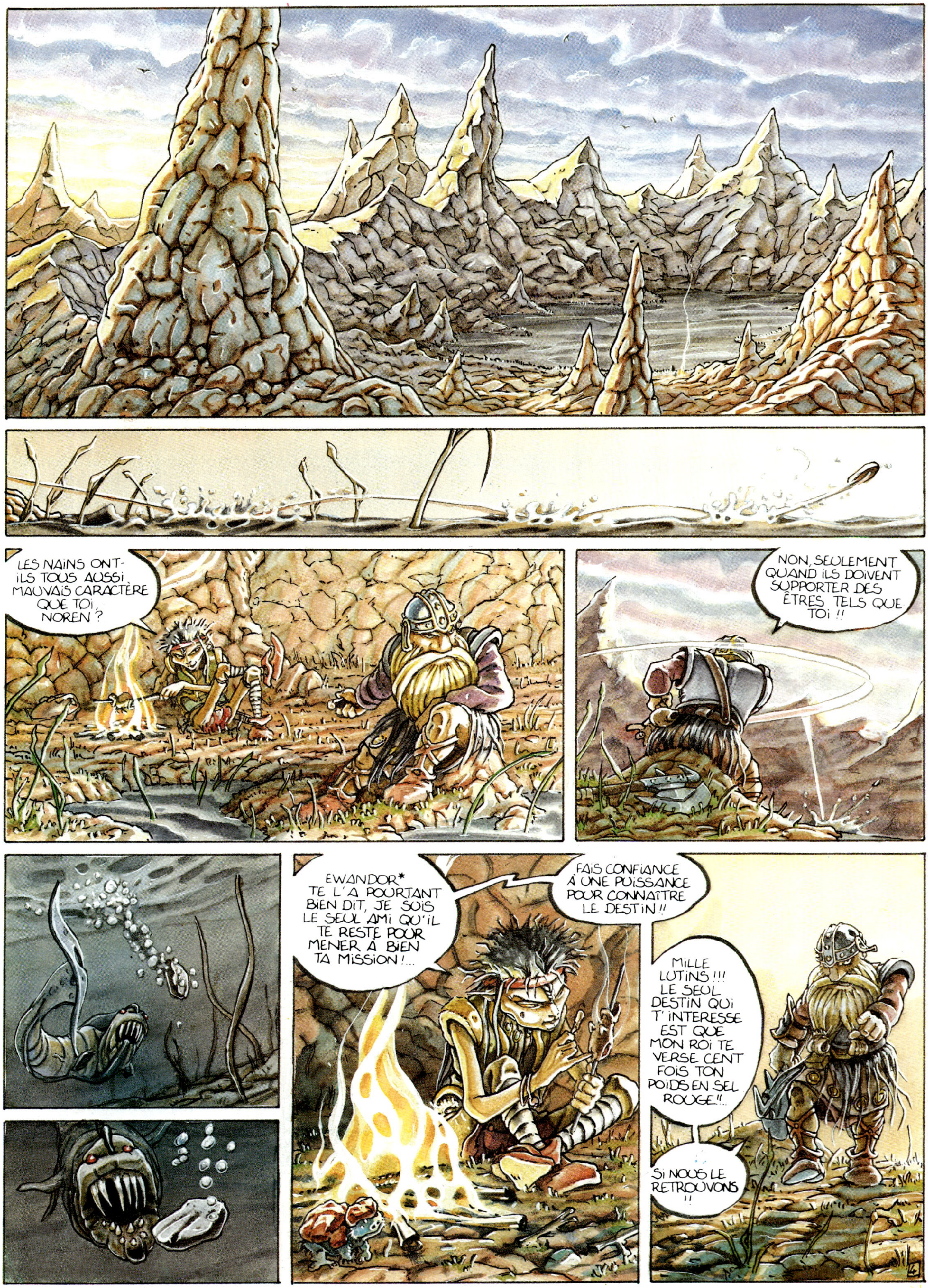

* VOIR "LA SAISON DES CENDRES"

NE T'INQUIÈTE PAS NOREN NOUS LE RETROUVERONS !!
KA TLAK

MORKAÏ !?!
HA, HA, MORKAÏ CONTENT RETROUVER PETITS MAÎTRES, HA, HA...
L'ÉLIXIR !!... IL A SURVÉCU À L'ÉLIXIR... ET À SES BLESSURES !!
HA HA HA
PAR LE PIPEAU DU GRAND NAIN !! TU... TU N'ES PAS MORT !!
MORKAÏ RIEN COMPRENDRE !! MORKAÏ SE RÉVEILLER SUR MORBELINS TOUS MORTS, SUIVRE TRACES PETITS MAÎTRES ET RENCONTRER GROSSES TROIS TÊTES QUI DIRE DES CHOSES DRÔLES À MORKAÏ ! MORKAÏ COURIR VITE, CAR GROS BROUM BROUM VENIR SUR GROSSES TROIS TÊTES...
GROS BROUM BROUM ?!... TU VEUX DIRE LE TONNERRE... SUR LE DOMAINE D'EWANDOR ?
OUI, VOIR !
MILLE LUTINS !! SERAIT-CE...
HÛRL !!
HA, HA, HÛRL TROP FORT POUR GROSSES TROIS TÊTES ! HA, HA...
6

HUM... LE TEMPS SE COUVRE!... QUELQUE CHOSE ME CHUCHOTE QUE NOUS FERIONS BIEN DE DISPARAITRE RAPIDEMENT...
HÔRL!? EWANDOR?!?... À... À QUOI TOUT CELA RIME-T-IL?...
J'AI LE SOMBRE PRESSENTI-MENT QUE TON ROI N'INTERESSE PAS QUE NOUS, NOREN!... QU'EN PENSES-TU?
RIEN!! TOUTE PENSÉE M'EST DÉSAGRÉABLE CES TEMPS-CI!!
OÙ ÊTRE DEUX AUTRES PETITS MAITRES, AMIS À MORKAÏ?
QUOI DIRE DE MAL, MORKAÏ?
AÏE!!
NE LUI EN VEUX PAS, NOREN, IL NE SE SOUVIENT PLUS DE RIEN!!... MORKAÏ EST FORT, IL NOUS SERA UTILE OÙ NOUS ALLONS!!
MORKAÏ JAMAIS RIEN SAVOIR, MORKAÏ PAS D'AMIS!!
TSSS...

Ô SSÎN, REVOICI TON FIDÈLE SERVITEUR, JHIEF!
ÑÑÑ... FIDÈLE... ET TA MISSION? ...ÑÑÑ...
MAÎTRE, LES NAINS SE SONT BIEN BATTUS! MES MORBELINS N'ONT RIEN PU FAIRE...
ÑÑÑ... ET QUI EST LEUR CHEF?... ÑÑÑ...
HEEE... MOI, MAÎTRE, MOI!
ÑÑÑ... SERAIS-TU UN MAUVAIS CHEF, JHIEF? ...ÑÑÑ... TU NE ME SERAIS PLUS D'AUCUNE UTILITÉ ALORS?!...ÑÑÑ...
PI... PITIÉ MAÎTRE!!

PITIÉ, MAITRE, PITIÉ !!
ÑÑÑ... PITIÉ QUEL SENTIMENT ÉTRANGE ET LUXUEUX ...ÑÑÑ...
PITIÉ !!
NOOOONNNN...
KROTCH
...ÑÑÑÑ...
ÑÑÑ...
ÑÑÑ... UN VRAI CHEF MORBELIN TIENT UN SABLIER ENTIER AU SUPPLICE DU PAL ... ÑÑÑ...
...MAIS J'ALLAIS OUBLIER MES DEUX HÔTES... ÑÑÑ... AREN ET MIRLIN...
ÑÑÑ... MES HÔTES... ÑÑÑ...

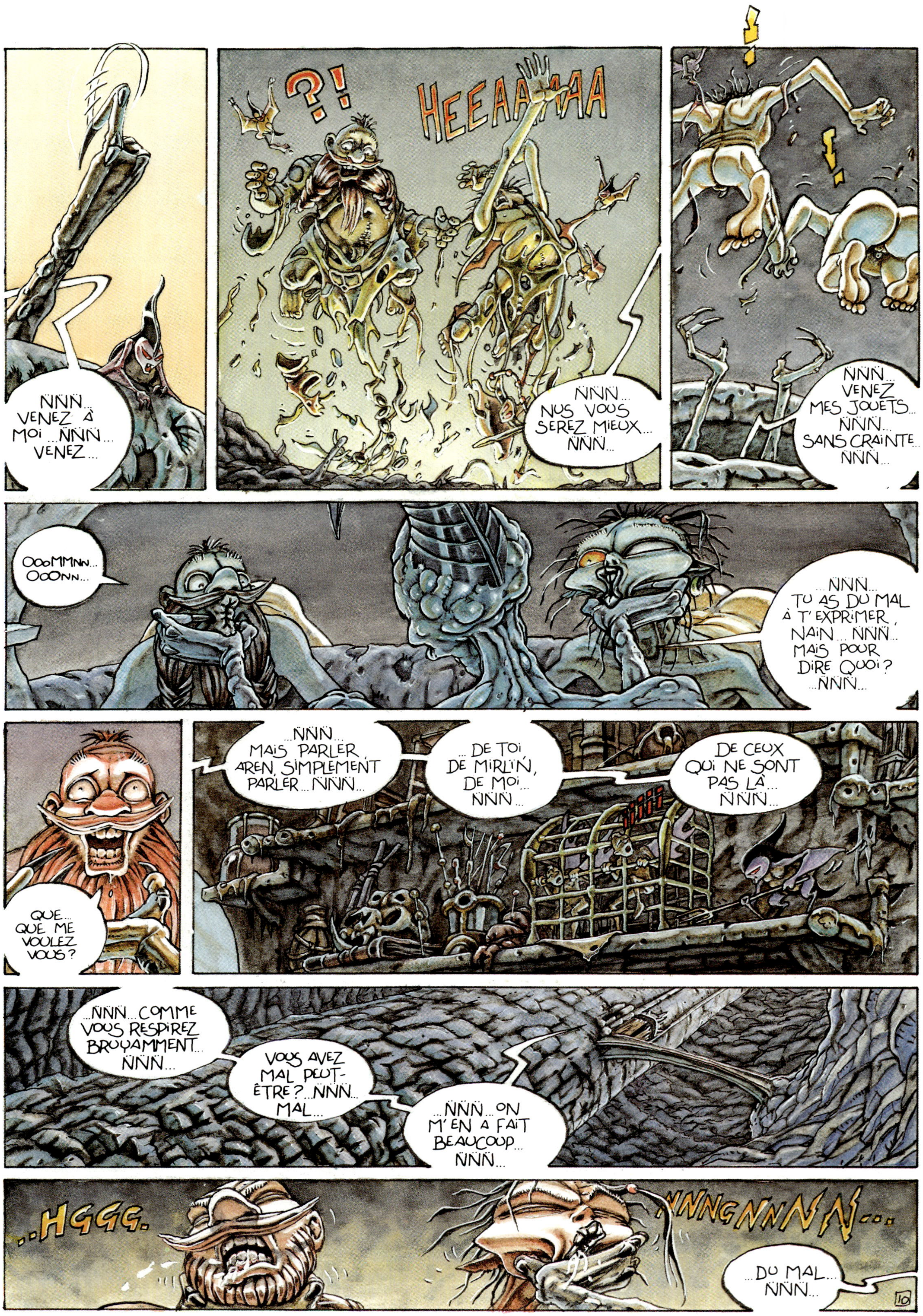
ÑÑÑ... VENEZ À MOI... ÑÑÑ... VENEZ...
?!
HEEAAAAA
ÑÑÑ... NUS VOUS SEREZ MIEUX... ÑÑÑ...
ÑÑÑ... VENEZ MES JOUETS... ÑÑÑ... SANS CRAINTE... ÑÑÑ...
OOOMMNN... OOONN...
...ÑÑÑ... TU AS DU MAL À T'EXPRIMER, NAIN... ÑÑÑ... MAIS POUR DIRE QUOI? ...ÑÑÑ...
QUE... QUE ME VOULEZ VOUS?
...ÑÑÑ... MAIS PARLER AREN, SIMPLEMENT PARLER... ÑÑÑ...
... DE TOI DE MIRLIN, DE MOI... ÑÑÑ...
DE CEUX QUI NE SONT PAS LÀ... ÑÑÑ...
...ÑÑÑ... COMME VOUS RESPIREZ BRUYAMMENT... ÑÑÑ...
VOUS AVEZ MAL PEUT-ÊTRE?... ÑÑÑ... MAL...
...ÑÑÑ... ON M'EN A FAIT BEAUCOUP... ÑÑÑ...
..HGGG..
NNNGNNNN...
...DU MAL... ÑÑÑ...
10

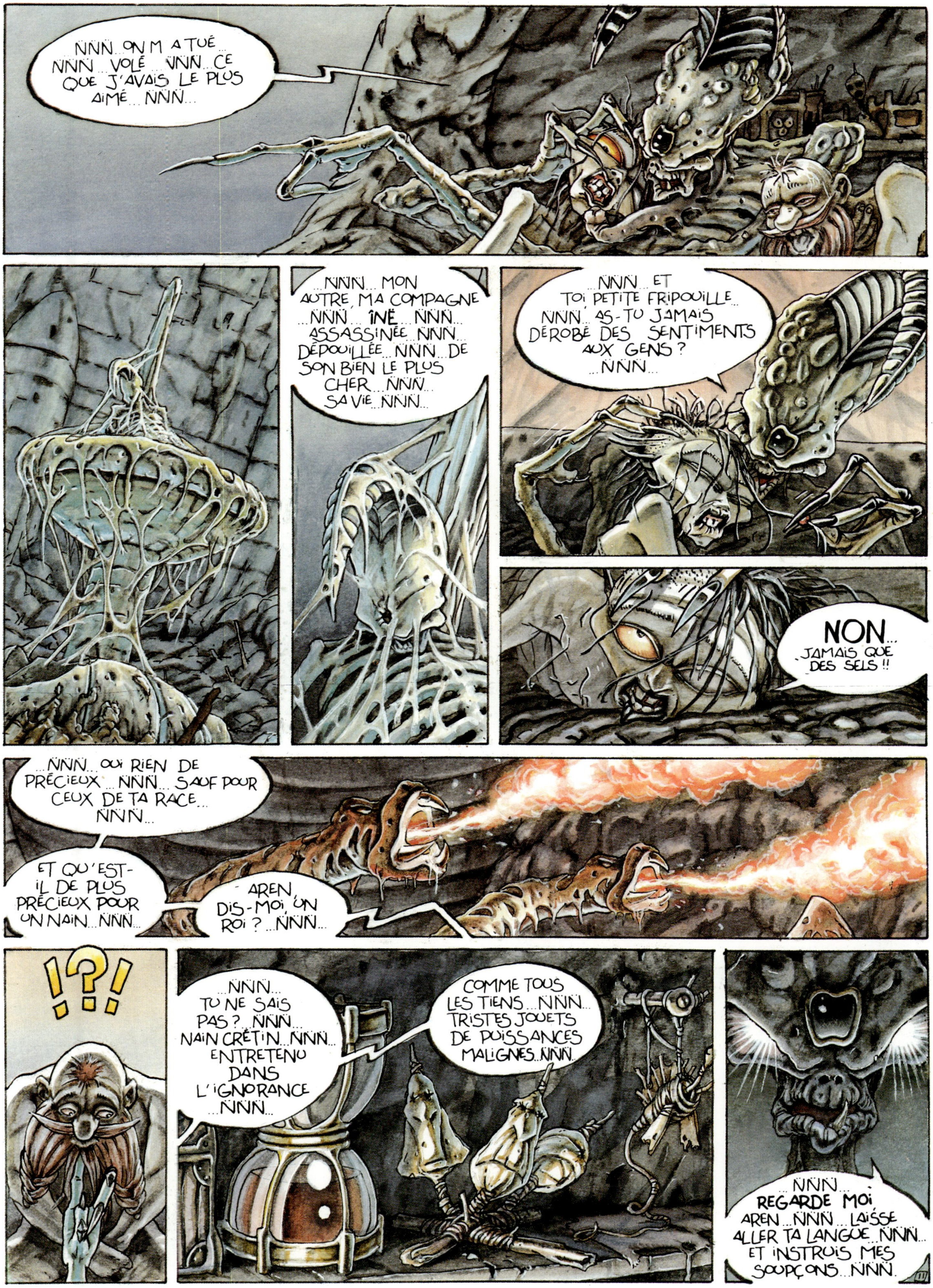
ÑÑÑ... ON M'A TUÉ... ÑÑÑ... VOLÉ... ÑÑÑ... CE QUE J'AVAIS LE PLUS AIMÉ... ÑÑÑ...
...ÑÑÑ... MON AUTRE, MA COMPAGNE ...ÑÑÑ... ÎNË ...ÑÑÑ... ASSASSINÉE... ÑÑÑ... DÉPOUILLÉE... ÑÑÑ... DE SON BIEN LE PLUS CHER... ÑÑÑ... SA VIE... ÑÑÑ...
...ÑÑÑ... ET TOI PETITE FRIPOUILLE... ÑÑÑ... AS-TU JAMAIS DÉROBÉ DES SENTIMENTS AUX GENS ? ...ÑÑÑ...
NON... JAMAIS QUE DES SELS !!
...ÑÑÑ... OUI RIEN DE PRÉCIEUX... ÑÑÑ... SAUF POUR CEUX DE TA RACE... ÑÑÑ...
ET QU'EST-IL DE PLUS PRÉCIEUX POUR UN NAIN... ÑÑÑ...
AREN, DIS-MOI, UN ROI ? ...ÑÑÑ...
!?!
...ÑÑÑ... TU NE SAIS PAS ? ...ÑÑÑ... NAIN CRÉTIN... ÑÑÑ... ENTRETENU DANS L'IGNORANCE ...ÑÑÑ...
COMME TOUS LES TIENS... ÑÑÑ... TRISTES JOUETS DE PUISSANCES MALIGNES... ÑÑÑ...
...ÑÑÑ... REGARDE MOI AREN... ÑÑÑ... LAISSE ALLER TA LANGUE... ÑÑÑ... ET INSTRUIS MES SOUPÇONS... ÑÑÑ...
11

ÑÑÑ... DANS TES CONTRÉES, EST-IL UN LIEU SACRÉ OU MAUDIT... ÑÑÑ... QUE LES NAINS VÉNÈRENT OU CRAIGNENT? ÑÑÑ...
OUI... OUI, LE PIC DE LA MER MONTAGNE SACRÉE OÙ NUL NAIN NE DOIT CREUSER!
ÑÑÑ... POURQUOI?... ÑÑÑ...
C'EST UN GRAND SECRET, QUE SEUL LE ROI ET LE CONSEIL NAIN CONNAISSENT!!
ÑÑÑ... J'EN SAIS ASSEZ MAINTENANT... ÑÑÑ... PETIT GARDIEN DE MES MALHEURS... ÑÑÑ...
ÑÑÑ... MAIS LES SECRETS N'ONT QU'UN TEMPS... ÑÑÑ... CELUI QU'ON LEUR ACCORDE... ÑÑÑ...
MMMMOOOOHH
12

... EWANDOR A MANQUÉ D'UNE TÊTE DE PLUS... ÑÑÑ... POUR Y SONGER... ÑÑÑ...
... ÑÑÑ...
... ÑÑÑ... UNE TÊTE DE PLUS... ÑÑÑ...
KRRT
... ÑÑÑ... UNE TÊTE EN MOINS ... ÑÑÑ...
... ÑÑÑ... VENEZ... ÑÑÑ... SERREZ-VOUS CONTRE MOI... ÑÑÑ... SACHEZ ME RESTITUER MON AFFECTION VOLÉE... ÑÑÑ...
... ÑÑÑ... TISSONS VOS DESTINÉES ... ÑÑÑ... AREN, TU SERAS ROI !!
... ÑÑÑ... MIRLIN TU SECONDERAS... ÑÑÑ...
... ET UN OBJET AIMÉ IL VOUS FAUDRA ME RAMENER... ÑÑÑ... JE VAIS VOUS EXPLIQUER... ÑÑÑ...

FAISONS UNE HALTE, CETTE MARCHE DE NUIT M'A ÉPUISÉ !!
NON, PAS AVANT D'AVOIR ATTEINT LE...
!?!
14

PAYS DES SONGES !!
PAR LE PIPEAU DU GRAND NAIN ! LE GRAND NORD N'EST-IL TOUJOURS QUE DÉLIRE ?!
COMMENT FAIRE POUR ALLER BAS ?
FOI DE NAIN, C'EST UN AUTRE MONDE QUE CELUI-CI ! J'Y SENS MAUVAISE FOLIE ET RENCONTRE-CHAGRIN !!
ALORS TON ROI EST FOU ET IL NE VAUT MIEUX PAS LE CROISER, NOREN !!
N'INSULTE PAS MON ROI EN TE JOUANT DE MES PROPOS !!...
...ET POUR UNE FOIS, MORKAÏ SEMBLE DOUÉ DE RÉFLEXION ! LA DESCENTE DE CETTE FALAISE EST RISQUÉE, LA PAROI EST ABRUPTE !!... ET OÙ DIRIGERONS-NOUS NOS PAS UNE FOIS EN BAS ?
HUM...
LA GRAINE !!
LA GRAINE QUE T'A CONFIÉE EWANDOR, ELLE DOIT NOUS GUIDER UNE FOIS ARRIVÉ AU PAYS DES SONGES !
JE NE VOIS PAS EN QUOI CETTE GRAINE POURRAIT NOUS ÊTRE UTILE ! EWANDOR S'EST MOQUÉ DE NOUS !!
IL FAUT PEUT-ÊTRE L'OUVRIR ?
MORKAÏ SAVOIR...
...GRAINE FAIT POUR ÊTRE PLANTÉE !!

VOILÀ MORKAÏ FINIR !!
TAP TAP
HÉ, HÉ, MAINTENANT IL N'Y A PLUS À ATTENDRE QU'ELLE POUSSE !!...
!?!
FTOUCH
PLIC PLIC PLIC PLIC PLIC
KRR KRR KRR
MILLE LUTINS !! QUE... QUE SE PASSE-T-IL ?
FUYONS !!
KA KRA KAKRAA
HAAAA... À MOI !!
GRAINE PAS CONTENTE !
HAAA
KRAA TRA
HÉ, PAS MANGER MORKAÏ !
KRA

CRAC TAC KLAK PAC
PAÇ PAÇ

HÉ, HÉ, HÉ NOREN, HÉ, HÉ...
L'A PERDU SA BARBE!
PETIT NAIN VILAIN!
...HÉ, HÉ, HÉ...
HA, HA...
HYYYA AAA!! HA, HA, HA...
HEEEEE
HA, HA, HA, PETIT NAIN, PETIT NAIN, PETIT NAIN VILAIN, HA, HA, HA...
PFFFFFF... BOBO PETIT NAIN IDIOT?... PFFFFFF...
HAHA HAHA
?!

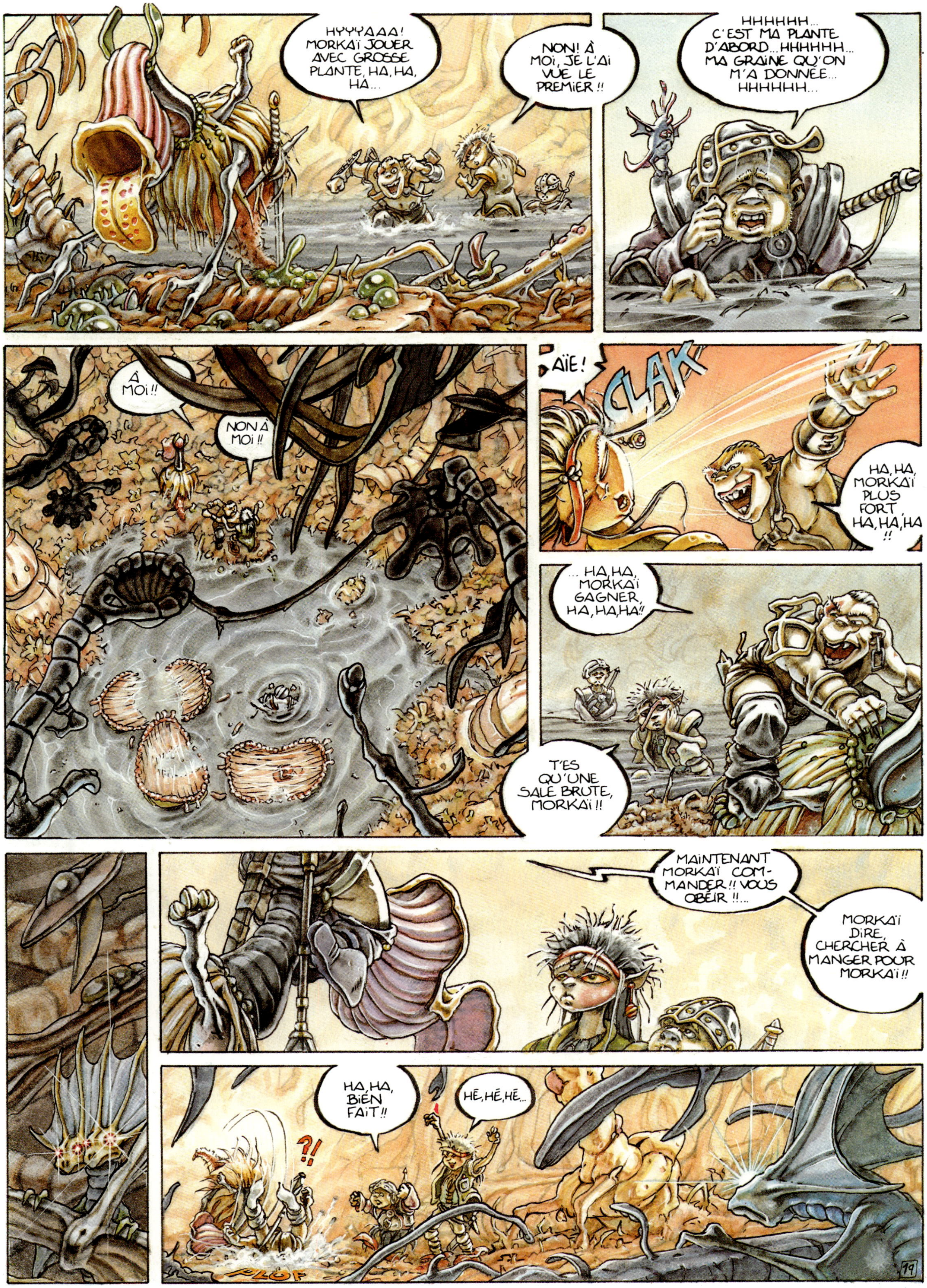
HYYYAAA! MORKAÏ JOUER AVEC GROSSE PLANTE, HA, HA, HA...
NON! À MOI, JE L'AI VUE LE PREMIER !!
HHHHHH... C'EST MA PLANTE D'ABORD... HHHHHH... MA GRAINE QU'ON M'A DONNÉE... HHHHHH...
À MOI !!
NON À MOI !!
AÏE !
CLAK
HA, HA, MORKAÏ PLUS FORT, HA, HA, HA !!
... HA, HA, MORKAÏ GAGNER, HA, HA, HA !!
T'ES QU'UNE SALE BRUTE, MORKAÏ !!
MAINTENANT MORKAÏ COM-MANDER !! VOUS OBÉIR !!...
MORKAÏ DIRE, CHERCHER À MANGER POUR MORKAÏ !!
HA, HA, BIEN FAIT !!
HÉ, HÉ, HÉ...
?!
PLOF

FFFFFFFFFFFF
SFC HHH
!?!
HAHAHA
MILLE LUTINS !! QUE... QUE NOUS ARRIVE-T-IL? POURQUOI SOMMES-NOUS ENFANTS ?
JE ...JE NE SAIS PAS! C'EST LA FAUTE DE CETTE PLANTE!..
...SON POLLEN NOUS A RENDU NOTRE TÊTE!... MAIS POURQUOI A-T-ELLE FAIT DE NOUS DES ENFANTS?!..
REGARDE FIRFIN!!.. ELLE VEUT QUE L'ON MONTE SUR ELLE !!
Sssss... QUESTIONS, TROP, TROP POUR EUX... Sssss... QUESTION, JE SUIS Ssssss...
SSiiiiii... RÉPONSE, UNE SEULE, UNE SEULE POUR EUX... SSiiiiii... RÉPONSE, JE SUIS... SSiiiiii...

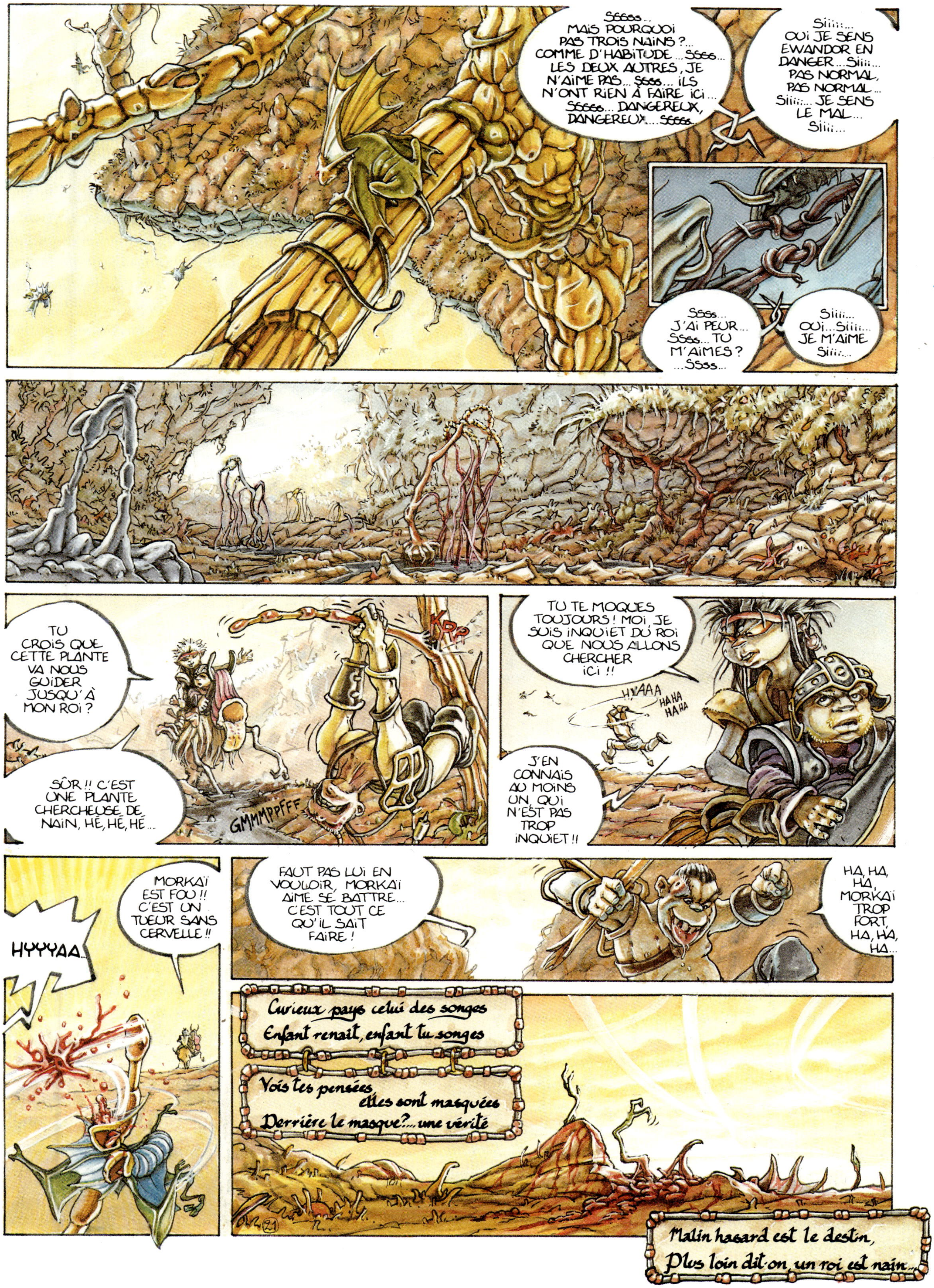

Sssss.. MAIS POURQUOI PAS TROIS NAINS ?... COMME D'HABITUDE ...Ssss... LES DEUX AUTRES, JE N'AIME PAS... Ssss... ILS N'ONT RIEN À FAIRE ICI... Sssss... DANGEREUX, DANGEREUX....Sssss.
Siiii... OUI JE SENS EWANDOR EN DANGER...Siiii... PAS NORMAL, PAS NORMAL... Siiii... JE SENS LE MAL... Siiii...
Ssss... J'AI PEUR... Ssss... TU M'AIMES ? ...Ssss...
Siiii... OUI...Siiii... JE M'AIME Siiii...
TU CROIS QUE CETTE PLANTE VA NOUS GUIDER JUSQU'À MON ROI ?
KRR
SÛR !! C'EST UNE PLANTE CHERCHEUSE DE NAIN, HÉ, HÉ, HÉ...
GMMMPPFFF
TU TE MOQUES TOUJOURS ! MOI, JE SUIS INQUIET DU ROI QUE NOUS ALLONS CHERCHER ICI !!
HYAAA
HA HA HA HA
J'EN CONNAIS AU MOINS UN, QUI N'EST PAS TROP INQUIET !!
HYYYAA...
MORKAÏ EST FOU !! C'EST UN TUEUR SANS CERVELLE !!
FAUT PAS LUI EN VOULOIR, MORKAÏ AIME SE BATTRE... C'EST TOUT CE QU'IL SAIT FAIRE !
HA, HA, HA, MORKAÏ TROP FORT, HA, HA, HA...
Curieux pays celui des songes
Enfant renaît, enfant tu songes
Vois tes pensées
elles sont masquées
Derrière le masque?...une vérité
Malin hasard est le destin,
Plus loin dit-on, un roi est nain...

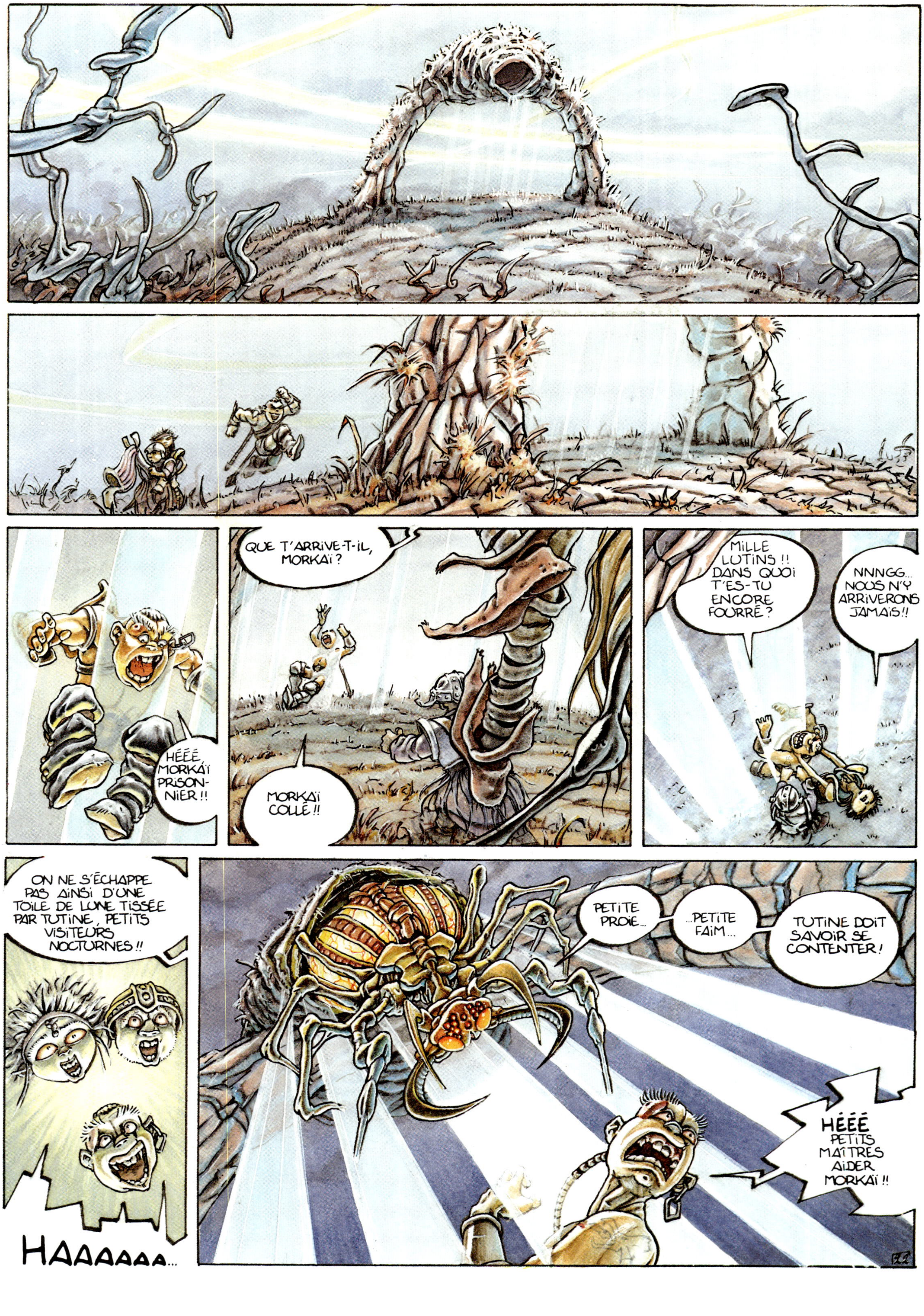
HÉÉÉ, MORKAÏ PRISONNIER !!
QUE T'ARRIVE-T-IL, MORKAÏ ?
MORKAÏ COLLÉ !!
MILLE LUTINS !! DANS QUOI T'ES-TU ENCORE FOURRÉ ?
NNNGG... NOUS N'Y ARRIVERONS JAMAIS !!
ON NE S'ÉCHAPPE PAS AINSI D'UNE TOILE DE LUNE TISSÉE PAR TUTINE, PETITS VISITEURS NOCTURNES !!
HAAAAAA...
PETITE PROIE...
...PETITE FAIM...
TUTINE DOIT SAVOIR SE CONTENTER !
HÉÉÉ PETITS MAÎTRES AIDER MORKAÏ !!

NON, ATTENDS ARAIGNÉE TUTINE...
NE MANGE PAS NOTRE AMI, NOUS TE DONNERONS TOUT CE QUE TU DÉSIRES !!
AH OUI ?! ET QUE POUVEZ-VOUS DONC M'OFFRIR ?
QUE VEUX-TU ARAIGNÉE TUTINE ?
MANGER !!!
HÉÉÉÉÉ...
ARRÊTE TUTINE !! ...SSSS...
SSSSS
!?
!
QUE ME VEUX-TU AJAX, TU TROUBLES MON REPAS !!

SSSS... JE VAIS MÊME LE GÂCHER, TUTINE...
SSSS... IL NE FAUT PAS QUE TU MANGES CET ENFANT... SSSS...
ET DEPUIS QUAND LES DRAGONS DÉCIDENT-ILS POUR LES ARAIGNÉES DE LUNE ?
JHÛB !!
?!
TU DIS CELA, CAR TU LE VEUX POUR TOI. LES DRAGONS SONT MENTEURS !!
SSSS... T'OPPOSERAIS-TU À MOI, TUTINE ?... CE SERAIT LÀ POUR TOI, TON DERNIER CHOIX !!... SSSS...
SSSS... JE L'AURAIS BIEN MANGÉ AUSSI... SSSS... MAIS JHÛB NE LE VEUT PAS !... SSSS...
MAUDIT SOIT TA RACE DE TYRANS !!
SSSS... PETIT AVORTON, TU NE MÉRITES PAS LE TATOUAGE QUE TU PORTES...
EEEEEAAA
CE REPAS EST À MOI !! JE TE HAIS AJAX...
SSSS... VA TISSER TES HUMEURS, VIEILLE FOLLE DE TUTINE... SSSS...

MER... MERCI, DRA... DRAGON AJAX DE... DE...
SSSS... NE ME REMERCIEZ SURTOUT PAS... SSSS... JE NE VOUS VEUX PAS DE BIEN... SSSS...
SSSS... MAIS JHUB MON MAITRE A SES RAISONS ...SSSS... ADIEU, JE NE SOUHAITE PAS VOUS REVOIR... SSSS... JAMAIS... SSSS...
FIRFIN?...
OUI
AS-TU DÉJÀ VU UNE ARAIGNÉE PARLER ?
NON!!
ET TOI, TU AS DÉJÀ VU UN DRAGON PARLER À UNE ARAIGNÉE?
NON
MILLE LUTINS!! TROUVONS VITE RAKEN ET SAUVONS NOUS DE CE PAYS !
MORKAÏ PENSER, TUTINE MANGER TON ROI PEUT-ÊTRE ?
TAIS-TOI, MORKAÏ!!!

NE... ME TUE PAS HÜRL, TU COMMETTRAIS UNE GRAVE ERREUR...
MEURS EN SILENCE, VIEIL EWANDOR, IL N'EST PLUS TEMPS POUR TOI DE PLEURNICHER !!
SUBIS LE SORT DES FAIBLES !!
MMOOOOOOHHHH
MMoooHHHHHH H HHHh...
Ziiiii
Ziiipii
DÏGOÛ
Ziiipii
Ziiii
Ziiipii
Ziiii

Ô SSÎN, MON MAÎTRE, QUE LA MORT D'EWANDOR APAISE QUELQUE PEU TES TOURMENTS...
JE T'ÉCOUTE, Ô MON MAÎTRE, GUIDE LES PAS DE TON SERVITEUR...
IL SERA FAIT SELON TES DÉSIRS, Ô MON MAÎTRE !!

Haut dans les brumes, est la demeure du maître du Pays des Songes...
Ssss... PAR TUTINE, NOUS AURIONS DÛ LES LAISSER SE FAIRE DÉVORER... ...Ssss... TU N'AURAIS PAS DÛ LES SAUVER... SSSS...
Siiii... TU ES FOLLE... Siiii... EWANDOR LES AURAIT DÉTRUITS, S'ILS AVAIENT ÉTÉ UNE GÊNE... Siiii...
Siiii... LE NAIN, IL NOUS FAUT PROTÉGER... Siiii... COMME NOUS L'AVONS TOUJOURS FAIT AVEC LES AUTRES... Siiii...
Ssss... CROIS-TU QUE NOTRE COMPLICITÉ AVEC EWANDOR SOIT DÉCOUVERTE... SSSS...
Siiii... CE N'EST PAS À SOUHAITER... Siiii... TU SAIS CE QUE CELA SIGNIFIERAIT... Siiii...
Ssss... OH, COMME J'AI PEUR... Sssss... CONTACTONS EWANDOR QUEL-QUE CHOSE NE VA PLUS... SSSS...
Siiii... NON, L'INNOMMABLE LE SURVEILLE SANS DOUTE... Siiii... SA HAINE SE PORTERAIT SUR NOUS, ALORS... Siiii... MAIS VOIS, ILS SE RÉVEILLENT... Siiii...
Ssss... OUI... UN NOUVEL ÂGE DÉBUTE POUR EUX... Ssss...

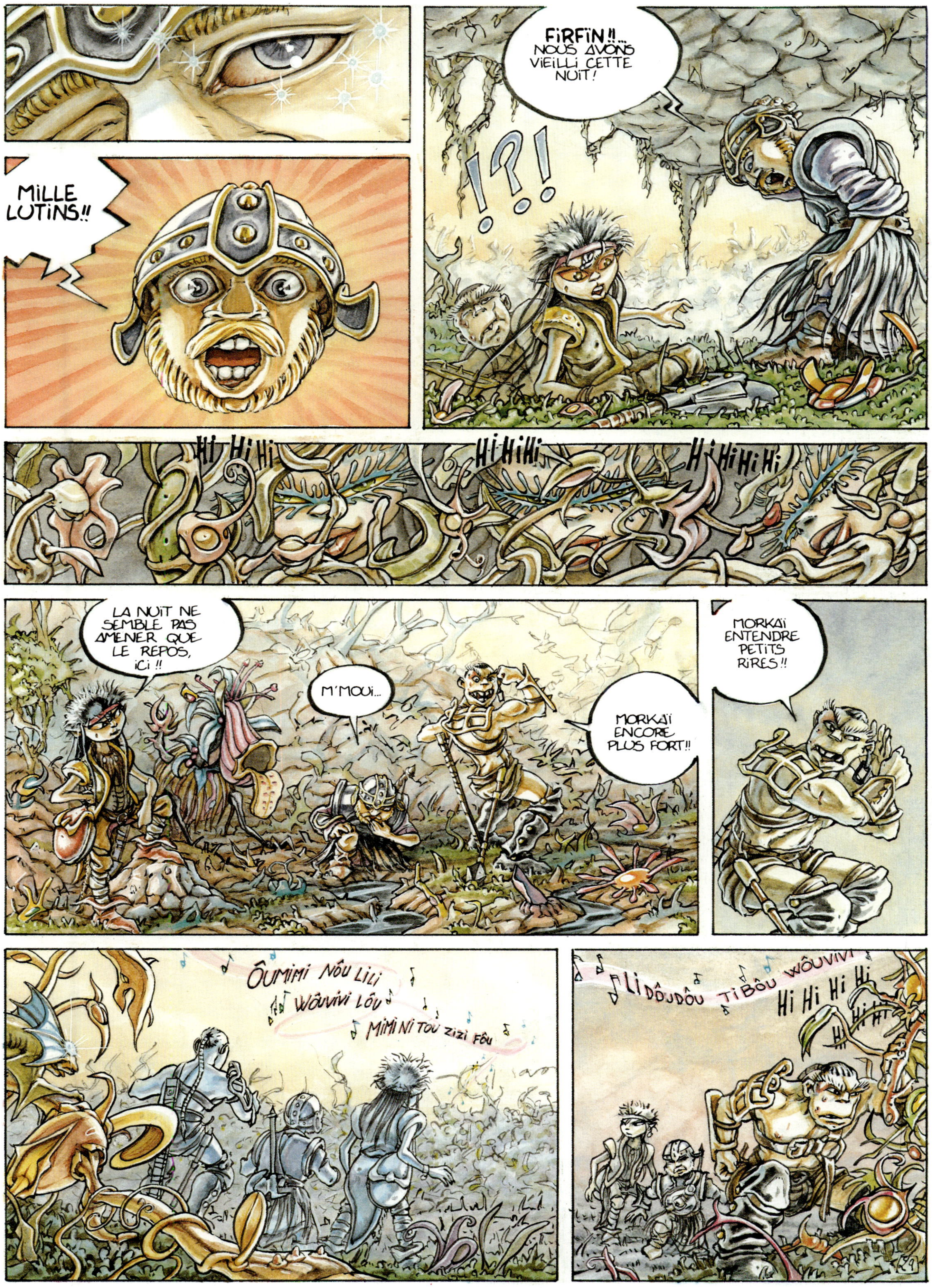
MILLE LUTINS !!
FIRFÏN !!... NOUS AVÖNS VIEILLI CETTE NUIT !
! ? !
HI HI HI
HI HI HI
HI HI HI HI
LA NUIT NE SEMBLE PAS AMENER QUE LE REPOS, ICI !!
M'MOUI...
MORKAÏ ENCORE PLUS FORT !!
MORKAÏ ENTENDRE PETITS RIRES !!
ÔUMIMI NÔU LILI
WÔUVIVI LÔU
MIMI NI TOU ZIZI FÔU
LI DÔUDÔU TIBÔU WÔUVIVI
HI HI HI HI
HI HI HI
HI

DES NYMPHETTES!!!
Hi Hi Hi
Hi Hi Hi
Hi Hi Hi
Hi Hi Hi
MORKAÏ VOULOIR CELLE-LÀ !!
Hi Hi Hi
Hi Hi Hi
Hi Hi Hi
EH... QUE... QUE FAIT MORKAÏ ?!?
D'APRÈS TOI ?
VIENS NOREN !!
30

Sssss
LE NAIN VIENT DE CÉDER... Sssss... DES DEUX AUTRES, C'EST LA FAUTE... Sssss...
Siiii... ILS FAUSSENT LES ÉPREUVES... Siiii... SI TROIS NAINS ILS AVAIENT ÉTÉ, NOREN AURAIT RÉSISTÉ... Siiii...
Ssss... COMMENT CONFIER NOTRE SECRET À UN NAIN... Ssss... QUI CÈDE AUSSI FACILEMENT À LA TENTATION? ...Sssss...
Siiii... OUI, CELUI-CI DES AUTRES EST DIFFÉRENT... Siiii... JE N'AIME PAS ÇA Siiii...
Hi, Hi...
BEN, POUR MOI... C'ÉTAIT LA PREMIÈRE FOIS !!
HÉ HÉ HÉ
HI HI HI
HAHAHA
HAHAHAHA

Dans les contrées du "Pays où nul ne va"
Ô SSÎN MON MAÎTRE, JE T'AI RAMENÉ UNE DES TÊTES DU VIEIL EWANDOR COMME TU ME L'AS ORDONNÉ!!
ÑÑÑ... BIEN HÛRL, BIEN... ÑÑÑ MON PLUS FIDÈLE SERVITEUR ...ÑÑÑ...
Ô MON MAÎTRE, JE DEVAIS AUSSI ANÉANTIR LE LIN ET LE NAIN RESTANT! POURQUOI M'AVOIR RAPPELÉ SI TÔT?
ÑÑÑ... MES PETITS ESPIONS S'EN CHARGERONT...
...ILS SONT AU PAYS DES SONGES... ÑÑÑ... CE GROS LÉZARD STUPIDE ET PEUREUX DE JHÖB DOIT LES PROTÉGER ...ÑÑÑ... J'IMAGINE...
...ÑÑÑ ET IL EST PUIS-SANT EN SON PAYS DE CHIMÈRES ...
...ÑÑÑ... MAIS IL Y A PLUS URGENT ...ÑÑÑ...
VOIS!!
...ÑÑÑ... AREN ET MIRLIN, MES BONS AMIS, VENEZ...
...ÑÑÑ... VENEZ ...ÑÑÑ...

ÑÑÑ... VOIS MES JOUETS... ÑÑÑ...
NE SONT-ILS PAS BEAUX, HÔRL?...ÑÑÑ...
JE PERÇOIS TES DESSEINS, Ô MON MAÎTRE !!
ÑÑÑ...TU DOIS LES MENER À L'EST, HÔRL...
EN PAYS NAIN... ÑÑÑ...
ÑÑÑ...JE VEUX QU'AREN, NOUVEAU ROI DES NAINS SOIT COURONNÉ SANS GÊNE...ÑÑÑ...
ME COMPRENDS-TU, HÔRL?...
OUI!! LE NOUVEAU ROI SAIT-IL CE QU'IL DOIT FAIRE POUR BIEN SERVIR TA GLOIRE, Ô SSÎN ?
ÑÑÑ...IL LE SAIT MAIS L'INTELLIGENCE D'AREN A SES LIMITES... ÑÑÑ...ET MON AMI MIRLÏN EST LÀ POUR LE RAPPELER ...ÑÑÑ... À TOUS SES DEVOIRS... ÑÑÑ...
PARTEZ MAINTENANT...ÑÑÑ... LE VOYAGE EST LONG... ÑÑÑ...TU DEVRAS VEILLER SUR EUX AVEC SOIN, HÔRL...
...ÑÑÑ...ILS N'ONT PAS TA PUISSANCE... ÑÑÑ...
SOIS SANS CRAINTE, Ô SSÎN, ILS ARRIVERONT SANS TRACAS!
...ÑÑÑ... QUAN À TOI...
ÑÑÑ...TU VAS REPRENDRE VIE...ÑÑÑ...
POUR MIEUX SAVOURER TA MORT...ÑÑÑ...
33

...ÑÑÑ... LA MORT ...ÑÑÑ...
ÑÑÑ... POUR QUI SALIT LA VIE... ÑÑÑ...
ÑÑÑ... UN PEU DE VIE BEAUCOUP DE MORT...
ÑÑÑ... UN PEU D'ENNUI BEAUCOUP DE REMORDS...
...ÑÑÑ... POUR EWANDOR...
MMMMMÔÔÔÔÔHHH...
ÑÑÑ... BIEN À TOI VIEIL EWANDOR... ÑÑÑ... JE ME SUIS PERMIS DE T'INVITER... ÑÑÑ...
JE N'AVAIS PLUS DE NOUVELLES DE TOI DEPUIS SI LONGTEMPS... ÑÑÑ...
INQUIET, J'ÉTAIS... ÑÑÑ...
ÑÑÑ... INTRIGUÉ ET VEXÉ... ÑÑÑ... EN APPRENANT QU'À MA COMPAGNIE, TU PRÉFÈRES CELLE... ÑÑÑ... DES NAINS !!... ÑÑÑ... TOI, UNE PUISSANCE ! ...ÑÑÑ...
ÑÑÑ... MAIS TU NE T'EXPRIMES PAS ?... ÑÑÑ... L'ÉMOTION DE REVOIR ÎNÉ, SANS DOUTE ?... ÑÑÑ
TON CRIME T'EFFRAIERAIT-IL ? ...ÑÑÑ...

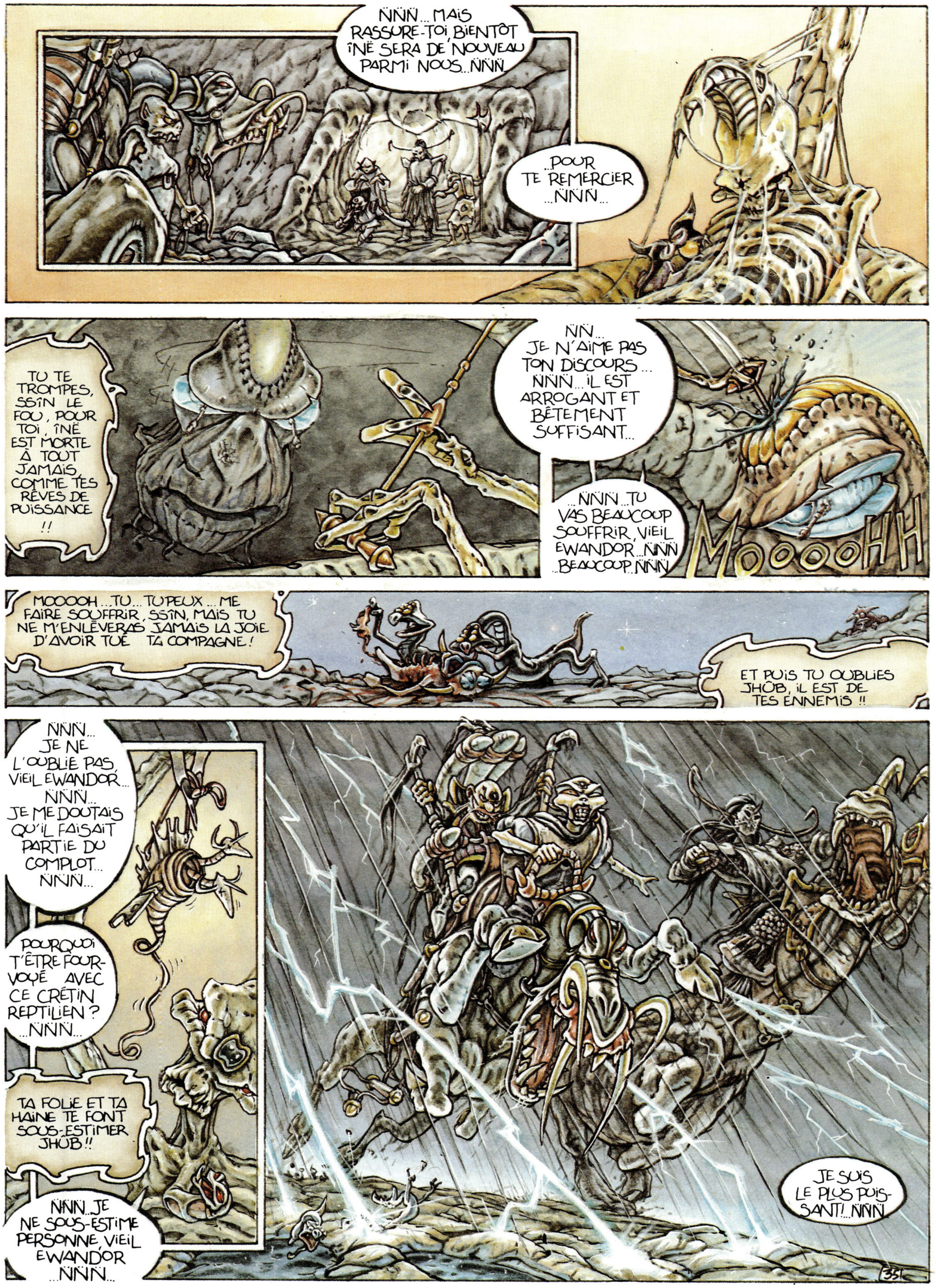
ÑÑÑ... MAIS RASSURE-TOI, BIENTÔT ÎNË SERA DE NOUVEAU PARMI NOUS... ÑÑÑ...
...POUR TE REMERCIER ...ÑÑÑ...
TU TE TROMPES, SSÏN LE FOU, POUR TOI, ÎNË EST MORTE À TOUT JAMAIS, COMME TES RÊVES DE PUISSANCE !!
ÑÑ... JE N'AIME PAS TON DISCOURS... ÑÑÑ... IL EST ARROGANT ET BÊTEMENT SUFFISANT...
...ÑÑÑ... TU VAS BEAUCOUP SOUFFRIR, VIEIL EWANDOR... ÑÑÑ ...BEAUCOUP... ÑÑÑ
MOOOOOHH
MOOOOH... TU... TU PEUX... ME FAIRE SOUFFRIR, SSÏN, MAIS TU NE M'ENLÈVERAS JAMAIS LA JOIE D'AVOIR TUÉ TA COMPAGNE !
ET PUIS TU OUBLIES JHÜB, IL EST DE TES ENNEMIS !!
ÑÑÑ... JE NE L'OUBLIE PAS, VIEIL EWANDOR... ÑÑÑ... JE ME DOUTAIS QU'IL FAISAIT PARTIE DU COMPLOT... ÑÑÑ...
POURQUOI T'ÊTRE FOURVOYÉ AVEC CE CRÉTIN REPTILIEN ? ...ÑÑÑ...
TA FOLIE ET TA HAINE TE FONT SOUS-ESTIMER JHÜB !!
ÑÑÑ... JE NE SOUS-ESTIME PERSONNE, VIEIL EWANDOR ...ÑÑÑ...
JE SUIS LE PLUS PUISSANT !... ÑÑÑ

Siiii... CETTE FOIS, LE DOUTE N'EST PLUS PERMIS... Siiii... L'INNOMMABLE EST AU COURANT... Siiii... VITE, IL NOUS FAUT AGIR... Siiii...
Ssss... COMME J'AI PEUR... Ssss... MON AMOUR QUE DEVONS-NOUS FAIRE ?... Ssss...
Siiii... D'UNE MORT CERTAINE, CES TROIS DRÔLES D'ABORD SAUVER... Siiii... ENSUITE NOUS PENSERONS... Siiii... JE T'AIME... Siiii...
Ssss... MOI AUSSI... Ssss... ILS NE SONT RIEN POUR NOUS, POURQUOI TOUJOURS LES SAUVER?... Ssss... LAISSONS LES À LEUR SORT, ET LE COURROUX DE SSÎN, FUYONS...
Siiii... NON, SI EWANDOR LES A ENVOYÉS ICI, C'EST QU'IL VOULAIT LE SECRET, PROLONGER... Siiii... C'EST SON IDÉE APRÈS TOUT... Siiii...
Ssss... À EWANDOR, NOUS N'AURIONS JAMAIS DÛ FAIRE CONFIANCE... Ssss... IL EST AUSSI FOU QUE SSÎN... Ssss... LE MALHEUR, IL NOUS A ENVOYÉ...
ZGÎ ZGÎ
ZIBIIIIIIIII
ÔUMIMI NÔU LILI
LI DÔUDÔU WÔUVIVI TIBÔU FÔU
36

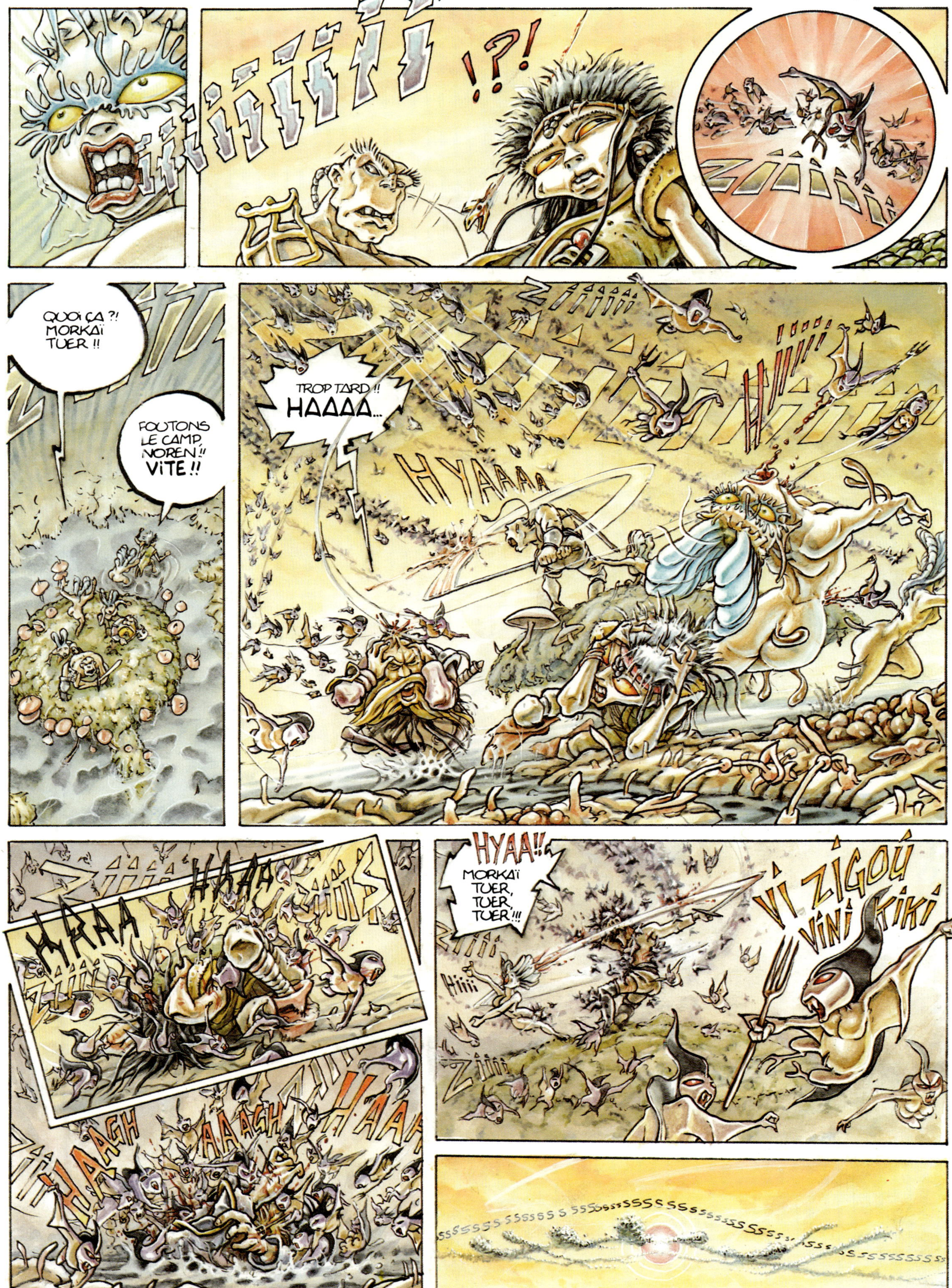
!?!
QUOI ÇA ?! MORKAÏ TUER !!
FOUTONS LE CAMP, NOREN !! VITE !!
TROP TARD !! HAAAA...
HYAAAA
HYAA!!
MORKAÏ TUER, TUER, TUER !!!
VI ZIGOU VINI KIKI

!
HYYAAA!!
TUER, TUER, TUER!!!
!?
PAK
HEEEE... MILLE LUTINS!?!
!!
HÉÉÉÉ
SALES BÊTES LÂCHER MORKAÏ !! MORKAÏ VOUS TUER TOUTES!
SI JE M'EN SORS...

Siiii
iiEU
SSSSSSSS
Ziiiii
HEEEEE, SALES BÊTES, PAS FAIRE ÇAAAAA!!...
SIII
HEEEEE
HAAAAA
SPLACH
SHPLO
SHPLOF

MORKAÏ AVOIR RECONNU PETITES BÊTES! MORKAÏ DÉJÀ COMBATTRE CONTRE MORBELINS!
PAR LE PIPEAU DU GRAND NAIN!!... À QUEL JEU JOUE-T'ON AVEC NOUS?
UN JEU OÙ IL Y A DES GAGNANTS, J'ESPÈRE! MAUDIT SOIT LE JOUR OÙ TU M'AS PARLÉ DE TON ROI!
MAUDI PLUTÔT EWANDOR! C'EST À LUI QUE NOUS DEVONS D'ÊTRE ICI!... QUELLES SOMBRES FICELLES TIRE CET APÔTRE DE MALHEUR?...
TON APÔTRE POURRAIT BIEN ÊTRE EN PIÈCES, À L'HEURE ACTUELLE!! RAPPELLE-TOI QUE HÖRL LUI A RENDU VISITE!!
QUI TE DIT QUE CE N'EST PAS SON AMI?
TSSS...
PETITS MAÎTRES JAMAIS ÉCOUTER MORKAÏ!
OÙ ÊTRE GROSSE PLANTE?
ET NOUS VIEILLISSONS À SOUHAIT! QUELLE SINISTRE FARCE!
NOUS N'EN AVONS PLUS BESOIN, AKEÏ ABRUTI!! CES FOUTUES BESTIOLES VONT LA REMPLACER!
M'OU
HYAA

SSSSS... AU CRÉPUSCULE DE SA VIE, LE NAIN SERA LÀ... SSSS... SON DESTIN ET LE SECRET, CROIS-TU QU'IL ACCEPTERA?.. SSSSS...
SIIIII... LE CHOIX, IL N'A PAS... SIIIII... LES NAINS NE L'ONT JAMAIS EU... SIIIII...
SSSS... MAIS CELUI-LÀ, MOINS DOCILE QUE SES PRÉDÉCESSEURS, PARAÎT... SSSS... MAIS QUELQUE CHOSE EN LUI, EST BRISÉ... SSSS... LA VÉRITÉ, IL FAUDRA SANS DOUTE LUI AVOUER... SSSSS...
SIIIII... OUI... SIIIII... ET JE PRESSENS QU'IL NOUS FAUDRA ENCORE L'AIDER ...SIIIII... SSÎN A TISSÉ SA VENGEANCE... SIIIII... JE CROIS EWANDOR... SIIII... MORT... SIIII...
SSSS... OH MON AMOUR, JE TREMBLE... SSSS... SI NOUS LUI LIVRIONS LE NAIN... SSSS... ET L'AIDIONS À RÉCUPÉRER SON BIEN... SSSS... SSÎN NOUS PARDONNERAIT SSSS... PEUT-ÊTRE... SSSS...
SIIIII... FOLLE!... INSENSÉS, SONT TES PROPOS... SIIII... JAMAIS, SSÎN NE PARDONNE ...SIIII... NOTRE PASSÉ EST TROP LOURD, NOTRE PRÉSENT INQUIÉTANT, NOTRE FUTUR... SIIIII... BLESSURES... SIIIII... LÉGERS SONT TES PROPOS!... SIIIII...
SSSS... CONSIDÈRE-MOI... SSSS... C'EST PAR AMOUR QUE JE SUGGÉRAIS CELA... SSSS... JE REGRETTE TANT NOTRE CRIME... SSSS...
SIIII... TU NE LE DOIS PAS... SIIII... À L'ÉPOQUE ENTRE PUISSANCES... SIIII... GRANDE FUT NOTRE JOIE... SIIII...
SSSS... TU SAIS OÙ ÇA NOUS A MENÉ !!... SSSS...
SIIII... OUI...
41

LA MORT NOUS AURA SI NOUS DORMONS ENCORE! COMME JE REGRETTE D'AVOIR ÉCOUTÉ LES FOLLES PROMESSES D'EWANDOR!..
...JE NE TOUCHERAI JAMAIS CENT FOIS MON POIDS EN SEL ROUGE!
PTOK
TON ROI N'EXISTE PAS, TU COMPRENDS ÇA DANS TA TÊTE DE NAIN !?!..
QUE CHERCHES-TU DONC À LA FIN DANS CETTE CITÉ EN RUINES?
UN ROI!!
...JE N'AI PAS D'AUTRE CHOIX!
MORKAÏ SUIVRE PETIT MAÎTRE!
TSSS...
42

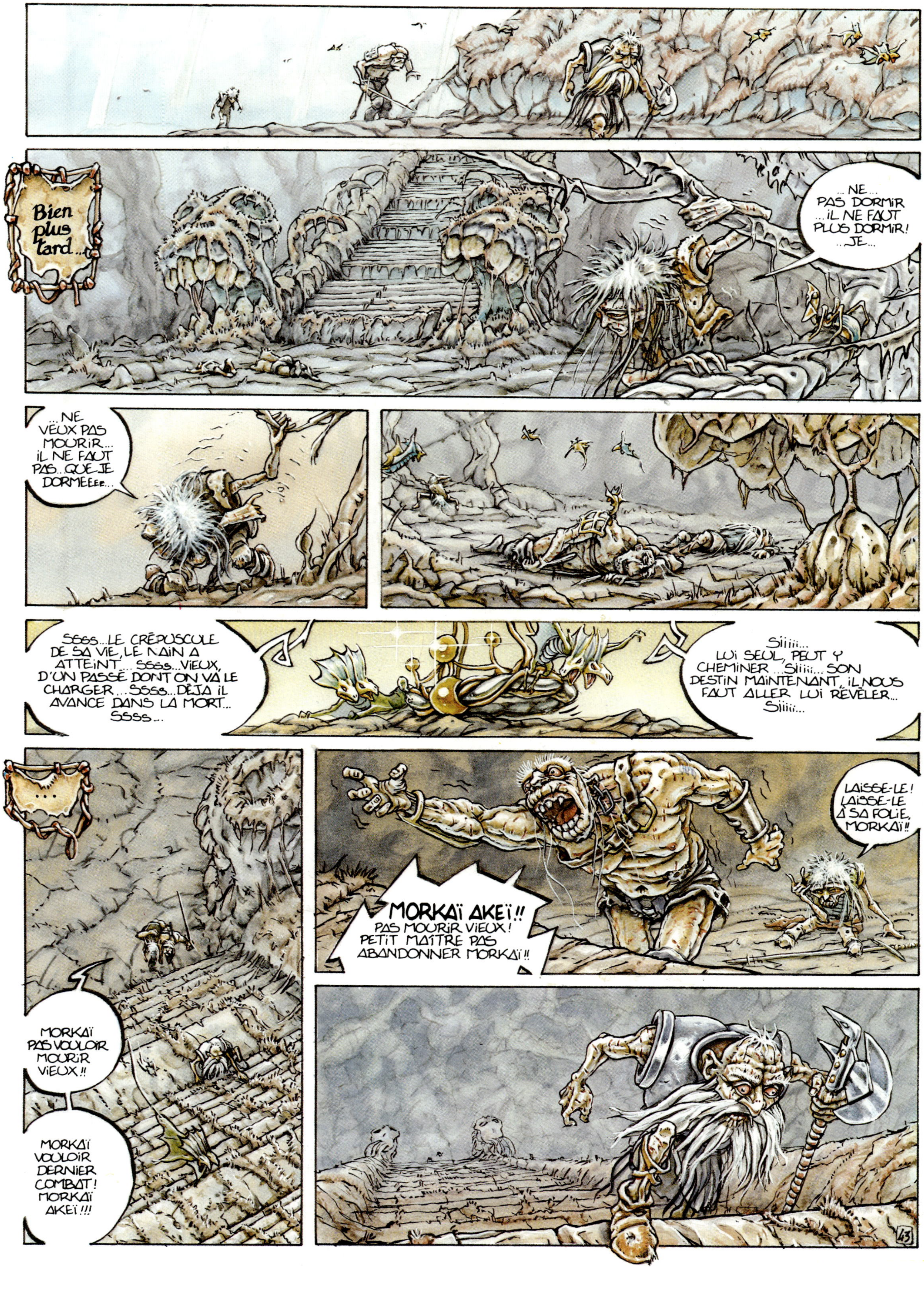

Bien plus tard...
... NE... PAS DORMIR ... IL NE FAUT PLUS DORMIR! ... JE...
... NE VEUX PAS MOURIR... IL NE FAUT PAS... QUE JE DORMEEEE...
SSSS... LE CRÉPUSCULE DE SA VIE, LE NAIN A ATTEINT... SSSS... VIEUX, D'UN PASSÉ DONT ON VA LE CHARGER... SSSS... DÉJÀ IL AVANCE DANS LA MORT... SSSS...
SIIIII... LUI SEUL, PEUT Y CHEMINER... SIIIII... SON DESTIN MAINTENANT, IL NOUS FAUT ALLER LUI RÉVÉLER... SIIIII...
...
MORKAÏ PAS VOULOIR MOURIR VIEUX!!
MORKAÏ VOULOIR DERNIER COMBAT! MORKAÏ AKEÏ!!!
MORKAÏ AKEÏ!! PAS MOURIR VIEUX! PETIT MAÎTRE PAS ABANDONNER MORKAÏ!!
LAISSE-LE! LAISSE-LE À SA FOLIE, MORKAÏ!!

Ssss... BIENVENUE NAIN NOREN! ..Ssss...TOI QUI VIENS DE SI LOIN...Ssss...
Siiii... PRENDS PLACE, NOREN ..Siiii... REPOSE TA VIEILLESSE Siiii...AU MILIEU, ASSIEDS-TOI... Siiii...
Ssss... JE DEVINE TES PENSÉES ..Ssss...
Siiii... TU TE DEMANDES OÙ EST TON ROI? ..Siiii...
OUI, OÙ EST-IL ?
Ssss... OÙ EST-IL !!.. Ssss...D'UNE TÊTE DURE, LA NATURE T'A DOTÉE... Ssss...
!??
Siiii... IL EST UN ROI ICI ...Siiii... ENCORE INCONSCIENT ...Siiii... MAIS LA RAISON VA L'INONDER ...Siiii... LORSQU'IL SAURA REGARDER... Siiii...
Ssss...NE SOIS PAS EFFRAYÉ...Ssss... IL N'EST PAS DUR DE RÉGNER...Ssss... TA RAISON NE DOIT PAS VACILLER... Ssss...
Siiii... MAINTENANT UNE VIEILLE HISTOIRE J'AI À TE NARRER ...Siiii... ET UN LOURD SECRET À TE CONFIER... Siiii...
Suite et fin dans "LE SANG DES ROIS"
Chevalier Ségur

Légendes des Contrées Oubliées

Le Sang des Rois

Scénario
Bruno CHEVALIER

Dessins
Thierry SÉGUR

DELCOURT

À NOS LUTINS,
ÉLODIE, TOM
ET LILI.

les auteurs

Dépôt légal : mars 1992. I.S.B.N. : 2-906187-70-4

Conception graphique : TRAIT POUR TRAIT
Lettrage : Xavier DUVET

Achevé d'imprimer en mars 1996
sur les presses de l'imprimerie Lesaffre, à Tournai, Belgique.
Relié par Ouest Reliure à Rennes.

SSSS... ENTENDS, ROI NOREN ... SSSS... ENTENDS LE LOURD SECRET DES PUISSANCES ...SSSS...
SIIII... OUI, ÉCOUTE... SIIIII... VOIS ET COMPRENDS... SIIIII...

EN DES TEMPS IMMÉMORIAUX, BIEN AVANT L'APPARITION DU SOLEIL, LE MONDE N'ÉTAIT ÉCLAIRÉ QUE PAR LA PÂLE CLARTÉ DES ÉTOILES.
ALINOR, LA PLUS GRANDE CITÉ QUI FUT, RESPLENDISSAIT DE MILLE FEUX, ET LÀ TOUT N'ÉTAIT QU'HARMONIE, BEAUTÉ ET INDOLENTE INSOUCIANCE.
LES PUISSANCES Y VIVAIENT EN BONNE INTELLIGENCE, ELLES QUI FURENT AU DÉBUT DE TOUTES CHOSES, QUI FAÇONNÈRENT ET CRÉÈRENT LE MONDE...
...BIEN QUE LES PLUS BELLES RACES...
...ET ESPÈCES AIENT À JAMAIS DISPARU.

LA PLUS GRANDE DE TOUTES CES PUISSANCES RÉGNAIT IMPARTIALEMENT ET JUSTEMENT SUR ALINOR, ET SON NOM ÉVOQUAIT LE RESPECT.
C'ÉTAIT SSIN LE SAGE.
IL POSSÉDAIT CE QUE TOUS NOUS RESPECTIONS, UNE COMPAGNE : ÎNË LA SPLENDIDE...
...ET SON POUVOIR RÉSIDAIT EN L'AMOUR QU'ELLE SUSCITAIT. ELLE AVAIT UN HÉRAUT, CHÂNT !!
LE MONDE AVAIT ÉTÉ AINSI CONÇU, QUE SEUL SSIN ET ÎNË POSSÉDAIENT LA FLAMME DE VIE PERMETTANT D'ENGENDRER.
MAIS LES SIÈCLES PASSANT, CERTAINES PUISSANCES JALOUSÈRENT LE POUVOIR DES AMANTS.

EWANDOR LE DEVIN ATTISA LE COMPLOT, PRÉDI-SANT LE CHAOS SÏ ÎNË ENGEN-DRAIT...
IL ASPIRAIT AU TRÔNE D'UN SSIN DÉPOSSÉDÉ DE TOUT.
EWANDOR CRÉA DES CLANS AU SEIN MÊME DES PUISSANCES. ON CHUCHOTA DANS L'OMBRE DE TERRIBLES SERMENTS...
...ET NAQUIT LE MALAISE...
...ÎNË FUT ASSASSINÉE ET DÉPOUILLÉE...
...DE SA ROCHE D'ÉTERNITÉ...
...ET VINT LE CHAOS.

SSIN SOMBRA DANS LA FOLIE ET LA HAINE, ET LES MENSONGES D'EWANDOR TROUVÈRENT UNE VÉRITÉ.
TOUTE LA TERRE TREMBLA...
...DU FRACAS DES CHEVALIERS-TONNERRE. INSTRUMENT DE VENGEANCE CRÉE PAR SSIN.
ET EWANDOR EUT PEUR. IL DÉNONÇA D'AUTRES...
PUISSANCES À SSIN. AINSI L'ENDORMIT-IL!

Mais la roche d'éternité dépouillée à Înë était indestructible, et cela Ewandor ne l'avait pas perçu.
Malheur aux comploteurs, car son immense pouvoir pouvait ressusciter Înë, dernier espoir de Ssîn, la cherchant sans relâche.
Alors une dernière fois, nous nous réunîmes, loin du regard et des pensées de Ssîn, loin à l'est.
Et Ewandor vit les nains!!
Peuple secret, méconnu et... sss... sss...
Ewandor appliqua sa grande puissance à charmer les nains, et leur confia la roche, une tradition naine se...
...créa, voulant qu'à la mort du roi...

...TROIS JEUNES NAINS PARMI LES PLUS VALEUREUX DU ROYAUME, SOUS UN PRÉTEXTE LOUABLE, SOIENT ENVOYÉS EN MISSION POUR CHERCHER UN NOUVEAU ROI.
EWANDOR... SSS... ET MOI-MÊME DÉTERMINIONS PAR UNE SÉRIE D'ÉPREUVES, L'ÉLU DE NOTRE CONFIANCE, POUR QU'IL RÈGNE SANS AMBAGES.
LES DEUX AUTRES FORMAIENT LE NOUVEAU CONSEIL.

SSSS.. MAIS LES TEMPS ONT CHANGÉ... SSSS... DE SA NOUVELLE DEMEURE DU NORD, SSÎN ... SSSS... A PORTÉ SON ATTENTION SUR LES NAINS... SSSS...
SIIII... ET MAINTENANT, LA VÉRITÉ CONNAÎT !!... SIIIII...
MILLE LUTINS !! QUELLE SOMBRE FARCE, ET JE SENS QUE TU NE M'AS PAS TOUT AVOUÉ, DRAGON... ADIEU !!
SSSS...!? ADIEU?! ADIEU!??? SSSS... TU ES FAIBLE D'ESPRIT, NOREN... SSSS...
SIIII... ON N'ÉCHAPPE PAS À SON DESTIN, NAIN.. SIIIII...
PEUT-ÊTRE QUE SI !!!
SSSS... JE SAVAIS BIEN QUE CE NAIN ÉTAIT DIFFÉRENT... SSSS...
SIIII... DIFFÉRENT OU PAS, DE MORALE IL NE FAUT PAS NOUS ENCOMBRER... SIIII... NOREN !!! ...
SSIIII... REDEVIENS CE QUE TU ÉTAIS...
..REVIENS À CE QUE TU ES...
SOIS CE QUE TU SERAS... SIIIII...
8

SSSS... TON ESPRIT, J'AI SONDÉ, NOREN ... SSSS.. INUTILEMENT TU T'INTERROGES... SSSS...TU NE PEUX PAS FUIR TA DESTINÉE... SSSS...
SIIII... MOI JHÔB, VAIS T'AIDER À L'ACCOMPLIR ... SIIII... BIEN CONTRE MOI... SIIII... LA SOMBRE ROCHE, IL NOUS FAUT RÉCUPÉRER... SIIII... ET RECACHER... SIIIIIII...
TU N'AS PAS D'AUTRES CHOIX QUE DE M'AIDER, JHÔB !! VOS INTRIGUES DE PUISSANCE ONT MAL TOURNÉ, ET LA VÉRITÉ EST QUE TU NE CONTRÔLES PLUS RIEN !! AUSSI, JE POSE MA CONDITION !!
SSSS... VOIS CE POU, MON AMOUR ... SSSS... IL NOUS POSE UNE CONDITION ...SSSS... À NOUS, UNE PUISSANCE...SSSS...
SIIII... PEU RECONNAISSANT ET ARROGANT, TU ES, ROI NOREN...SIIII... MAIS GRAND, JE SUIS... SIIII... NOMME TON CAPRICE... SIIII...
JE VEUX QUE COMME À MOI, TU RENDES LA JEUNESSE À MES COMPAGNONS, MORKAÏ ET FIRFIN, ET QU'ILS M'ACCOMPAGNENT !!
SSSS... POURQUOI DONC ?... SSSS...
SIIII... TU NE LES AIMES PAS !!... SIIII...
OH SI, MAINTENANT QUE JE CONNAIS LES PUISSANCES, JE LES AIME ... BEAUCOUP MÊME !!
SSSS VOIS L'INSOLENT... SSSS...
SIII I... LAISSE... SIIII...
...D'ACCORD BIEN QUE CELA ME COÛTE ET ME RÉPUGNE... SIIII... MAIS TU FERAS TOUT CE QUE JE T'ORDONNERAI, COMPRIS ??... SIIII...

...NNN...
Siiii
ÑÑÑ... SOMBRE CRÉTIN DE JHÖB... ÑÑÑ... J'ENTREVOIS CES PIÈTRES DESSEINS... ÑÑÑ... COMME TU DOIS LUI MANQUER, EWANDOR... ÑÑÑ... ET COMME IL DOIT TE MAUDIRE... ÑÑÑ...
... DE L'AVOIR ENTRAÎNÉ DANS CETTE NAÏVE TRAHISON... ÑÑÑ... CE PLEUTRE N'A JAMAIS SU AGIR SEUL... ÑÑÑ... TU AS DÛ T'AMUSER À LE MANIPULER... ÑÑÑ... NARRE-MOI CECI, JE SUIS D'HUMEUR TAQUINE... ÑÑÑ...
IL T'EST FACILE DE RAILLER MA DÉFAITE, SSÏN LE HAINEUX, MAIS NE CHANTES PAS TROP VITE TRIOMPHE, CAR IL TE SERA DUR DE PESER TON ÉCHEC !! LOIN DE LÀ EST LA SOMBRE ROCHE QUE TU CONVOITES !!
ÑÑÑ... IDIOT...
NNN... J'AI PLACÉ MES PIONS... ÑÑÑ... MES PIONS... ÑÑÑ... DE FUNESTES CHANGEMENTS À L'EST SONT À VENIR... ÑÑÑ... BIENTÔT, TRÈS BIENTÔT... ÑÑÑ...
ÑÑÑ... QUI VONT SÛREMENT DÉPLAIRE À TES AMIS... ÑÑÑ... LES NAINS... ÑÑÑ...
LES NAINS !!... ÑÑÑ... COMMENT TOI ASLAM, LA PLUS AVISÉE DES TROIS TÊTES D'EWANDOR, AS-TU PU CROIRE... ÑÑÑ... ME CACHER ÉTERNELLEMENT LA VÉRITÉ ?... ÑÑÑ...

LONGTEMPS J'Y SUIS PARVENU, SSÎN LE FOU, EN ORIENTANT TES PENSÉES ET TES ACTIONS LOIN AU SUD ET À L'OUEST...
...ET CE N'EST QUE PAR HASARD ET MALHEUR, QUE TU DÉCOUVRIS LES NAINS, IL Y A PEU !!!
HASARD ET MALHEUR... ÑÑÑ... EWANDOR LE DEVIN NE PRÉDIT PAS LE HASARD... ÑÑÑ... QUE LE MALHEUR SANS DOUTE... ÑÑÑ... COMME IL N'AVAIT PAS PRÉDIT QUE LA ROCHE DE PUISSANCE NE POUVAIT ÊTRE DÉTRUITE... ÑÑÑ... DEVIN DE FOIRE...
ÑÑÑ C'EST FACHEUX... ÑÑÑ... TRÈS FACHEUX, POUR UN INTRIGANT DE TON GENRE... ÑÑÑ... QU'ESPÉRAIS-TU EN VAIN ?... ÑÑÑ... MA PLACE ? MON POUVOIR ? LE DON DE PROCRÉER ?... ÑÑÑ...
...AU DÉBUT, POURTANT, JE T'ESTIMAIS... ÑÑÑ...
...TOI LA MOINS SOTTE DES PUISSANCES... ÑÑÑ... MAIS VOIS EWANDOR, TU AS ÉCHOUÉ... ÑÑÑ... BIENTÔT TOUTES LES ANCIENNES PUISSANCES SERONT MORTES ET LEUR CULTE OUBLIÉ... ÑÑÑ...
...IL NE RESTERA PLUS QUE MOI ET MON ÎNË RETROUVÉE... ÑÑÑ... ALORS UN NOUVEL ÂGE POUR LE MONDE DÉBUTERA... ÑÑÑ...
MOOOHH
JE N'AI PAS ÉCHOUÉ EN TOUT, SSÎN LE DÉMENT... MOOooHH... CELA SANS ME TROMPER, JE TE LE PRÉDIS !!... MOOooHH...
...JE TE LE PRÉDIT !!!!
ÑÑÑ...

Quelque temps plus tard, aux portes du pays nain...
BRRBRRRRRRRROOOOOMMM

KRA
HAAA
KABOOOOH
HAAA
BRAAAACH
AHHHHHHH

PFOU... PFOU... MAÎTRE OMEN !! MAÎTRE ITEN !! PFOU...
AREN... PFOU... AREN EST DE RETOUR... AVEC DE CURIEUX ÉTRANGERS !!
ET OTEN ? ET NOREN ?
ILS NE SONT POINT LÀ, MAÎTRE !
JE N'AIME PAS DU TOUT ÇA !!!

FERME LÀ, VIEUX FOU !!!
BAF
ET INCLINE-TOI DEVANT TON NOUVEAU ROI, TRAÎTRE !!
PAR LE PIPEAU DU GRAND NAIN !! QUE SIGNIFIE CETTE ARRIVÉE FRACASSANTE, AREN ?
UN ROYAL PETIT DISCOURS À TES SUJETS SERAIT LE BIENVENU, Ô GRAND AREN !!
QUE SE PASSE-T-IL ICI ?
LE BRAVE AREN EST REVENU! SEUL !!
L'A PAS TROUVÉ NOTRE ROI, ALORS ?
LE VOILÀ !! IL A BEAUCOUP CHANGÉ !!!
15

BÉNI SOIT CE JOUR, Ô PEUPLE NAIN, QUI VOIT ENFIN LA VÉRITÉ ÉCLATER !!
LES TRADITIONS ROYALES NAINES N'ONT PLUS LIEU D'ÊTRE !! LES SAGES NOUS ONT MENTI, SERVANT DES INTÉRÊTS ENNEMIS !!
HEUREUSEMENT, UNE PUISSANCE AMIE DE NOTRE PEUPLE, SSIN LE DISPENSATEUR, M'A ÉCLAIRÉ SUR CE SOMBRE COMPLOT, ET NOUS FAIT LA GRÂCE DE NOUS PROTÉGER DE LA LÂCHE SERVITUDE DES SAGES !!! QUEL MEILLEUR GAGE...
... DE CONFIANCE, QUE L'AMITIÉ D'UNE PUISSANCE ?! AUSSI, IL VOUS FAIT JOIE DE M'AVOIR POUR ROI, MOI,
AREN LE GRAND !!
EN CONTREPARTIE, IL NOUS DEMANDE LE MOINDRE DES SERVICES, UNE BROUTILLE ! MES DEUX MINISTRES SE
CHARGERONT DE VOUS L'EXPLIQUER !!!
SSIN LE MALÉFIQUE !! MILLE LUTINS, IL FAUT QUE JE DÉNONCE IMMÉDIATEMENT CETTE IMPOSTURE !!!
NON !! NE L'ÉCOUTEZ PAS, IL MENT !!
SSIN EST NOTRE...
AAAAH
ZIZR

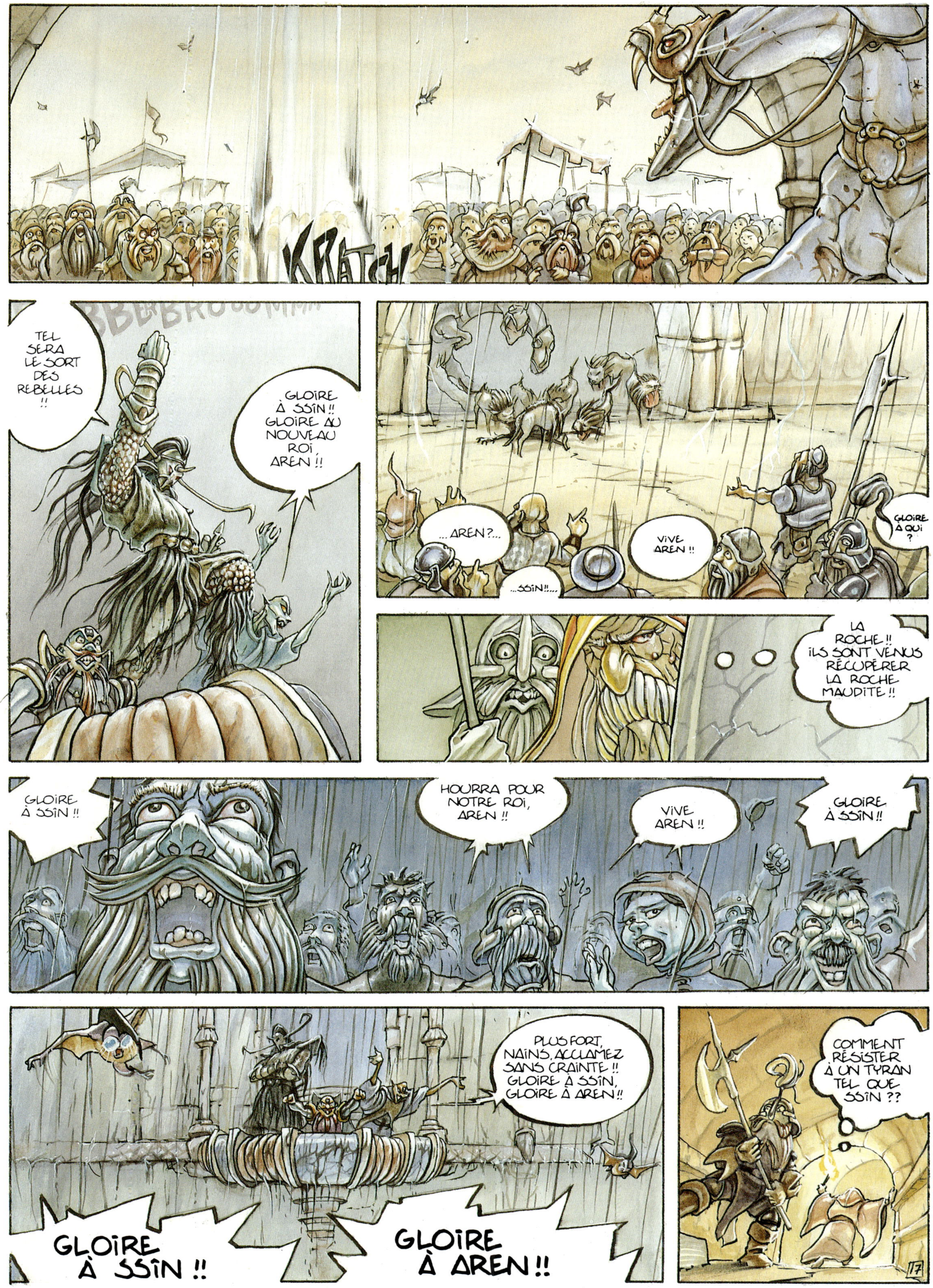
KRATCH
BBBRROOUMMM
TEL SERA LE SORT DES REBELLES !!
GLOIRE À SSIN !! GLOIRE AU NOUVEAU ROI, AREN !!
... AREN ?...
...SSIN !!...
VIVE AREN !!
GLOIRE À QUI ?
LA ROCHE !! ILS SONT VENUS RÉCUPÉRER LA ROCHE MAUDITE !!
GLOIRE À SSIN !!
HOURRA POUR NOTRE ROI, AREN !!
VIVE AREN !!
GLOIRE À SSIN !!
PLUS FORT, NAINS, ACCLAMEZ SANS CRAINTE !! GLOIRE À SSIN, GLOIRE À AREN !!
GLOIRE À SSIN !!
GLOIRE À AREN !!
COMMENT RÉSISTER À UN TYRAN TEL QUE SSIN ??

INCROYABLE !! TU ES DONC ROI, NOREN ! JE COMPRENDS BEAUCOUP DE CHOSES À PRÉSENT !
PETIT MAÎTRE ROI, MORKAÏ HEUREUX ! MORKAÏ DEVOIR VIE À PETIT MAÎTRE !!
MAIS TES PROPOS SUR SSIN SONT TRÈS INQUIÉTANTS !! C'EST LA PLUS MALÉFIQUE DE TOUTES LES PUISSANCES !!
DE MÉMOIRE DE LIN, PERSONNE NE S'EST JAMAIS OPPOSÉ À LUI !!
SI, CERTAINS L'ONT FAIT... POUR MON MALHEUR !!
MAIS IL FAUT QUE TU SACHES QUE SSIN N'A PAS TOUJOURS ÉTÉ MAUVAIS, CROIS-MOI, FIRFIN !!

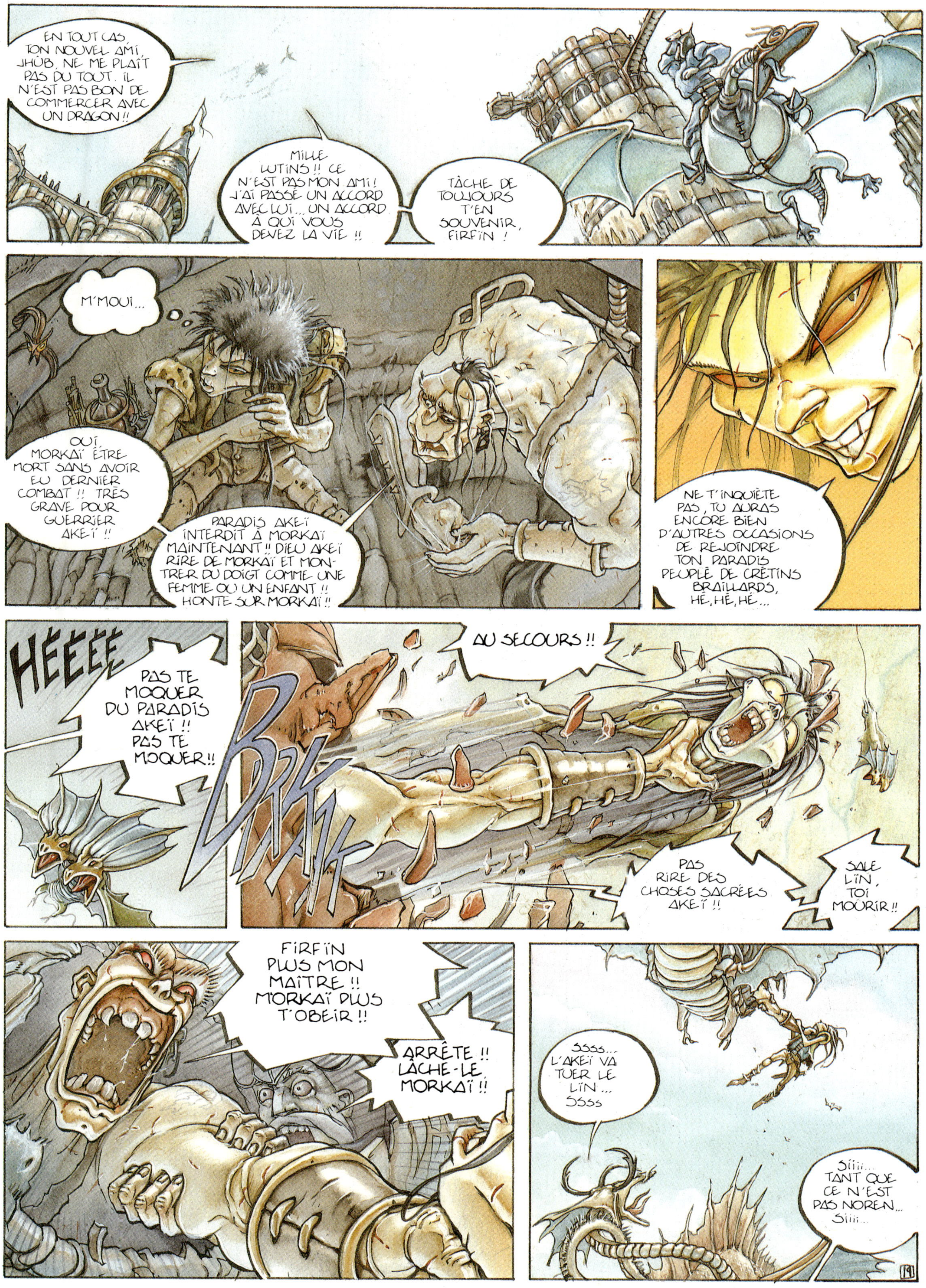
EN TOUT CAS, TON NOUVEL AMI, JHÛB, NE ME PLAÎT PAS DU TOUT. IL N'EST PAS BON DE COMMERCER AVEC UN DRAGON !!
MILLE LUTINS !! CE N'EST PAS MON AMI ! J'AI PASSÉ UN ACCORD AVEC LUI... UN ACCORD À QUI VOUS DEVEZ LA VIE !!
TÂCHE DE TOUJOURS T'EN SOUVENIR, FIRFÏN !
M'MOUI...
OUI, MORKAÏ ÊTRE MORT SANS AVOIR EU DERNIER COMBAT !! TRÈS GRAVE POUR GUERRIER AKEÏ !!
PARADIS AKEÏ INTERDIT À MORKAÏ MAINTENANT !! DIEU AKEÏ RIRE DE MORKAÏ ET MONTRER DU DOIGT COMME UNE FEMME OU UN ENFANT !! HONTE SUR MORKAÏ !!
NE T'INQUIÈTE PAS, TU AURAS ENCORE BIEN D'AUTRES OCCASIONS DE REJOINDRE TON PARADIS PEUPLÉ DE CRÉTINS BRAILLARDS, HÉ, HÉ, HÉ...
HÉÉÉÉ
PAS TE MOQUER DU PARADIS AKEÏ !! PAS TE MOQUER !!
BRAAK
AU SECOURS !!
PAS RIRE DES CHOSES SACRÉES AKEÏ !!
SALE LÏN, TOI MOURIR !!
FIRFÏN PLUS MON MAÎTRE !! MORKAÏ PLUS T'OBEIR !!
ARRÊTE !! LÂCHE-LE MORKAÏ !!
SSSS... L'AKEÏ VA TUER LE LÏN... SSSS
SIIII... TANT QUE CE N'EST PAS NOREN... SIIII...
19

DEVOIR LA VIE À PETIT MAITRE, LIN ! LUI RESPECTER PARADIS AKEÏ, MORKAÏ LUI DEVOIR RESPECT ET LIBERTÉ !!
BLOK
MORKAÏ EST ENCORE PLUS FOU QU'AVANT !!
HHHRRSS...
HHHRRSS...
MORKAÏ AIMER LES NAINS !!
Siiiii... DOMMAGE... Siiiii...
SSSS... DEMAIN NOUS SERONS EN PAYS NAIN... SSSS...
Siiii... ET AFFRONTERONS NOTRE DESTIN... Siiii...

QU'Y-A-T-IL, MAÎTRE MIRLÏN ?
UNE SÉANCE DE TORTURE DE NAINS REBELLES EST PRÉVUE !! TU SEMBLES Y PRENDRE QUELQUE PLAISIR !!
MAÎTRE MIRLÏN, ON M'A INFORMÉ CE MATIN D'UNE ÉMEUTE HOSTILE AUX TRAVAUX ENTREPRIS SUR LE PIC DE LA MER !!
ELLE A ÉTÉ DUREMENT RÉPRIMÉE PAR TA NOUVELLE GARDE, ROI AREN !! HÜRL A ENSUITE CHÂTIÉ LES MENEURS À SA FAÇON !!
?!
JE TE LAISSE ICI, Ô GRAND AREN, J'AI ENCORE BEAUCOUP À FAIRE POUR LA BONNE MARCHE DES AFFAIRES DU ROYAUME !! QUE LA SÉANCE DE TORTURE TE SOIT DOUCE, ROI AREN !!

IIIK
QUE DE SELS !! HA, HA, HA !!! SSIN NE M'AVAIT PAS MENTI !! HA, HA, HA...!! RICHE !! JE VAIS ÊTRE ENFIN RICHE !!
UNE FOIS LA ROCHE RÉCUPÉRÉE, JE DEMANDERAI LA MOITIÉ DE SES RICHESSES À CE CRÉTIN D'AREN !! POURQUOI DEMANDER D'ABORD ?! JE N'AI QU'À TOUT PRENDRE !!! HA, HA, HA...
SSIN NE M'EN TIENDRA NUL GRIEF, IL HAIT LES NAINS !! HA, HA, HA, HA...
FINALEMENT, QUELLE CHANCE J'AI EUE DE TOMBER SUR SSIN !! QUELLE BONNE PUISSANCE, IL COMPREND BIEN LES INTÉRÊTS DE CHACUN, HA, HA, HA !!! GLOIRE À SSIN, HA, HA, HA, HA...
?!?
HÛRL !!... JE... J'AI... J'AI EXÉCUTÉ LES ORDRES QUE TU M'AVAIS DONNÉS, Ô GRAND MAÎTRE DES CHEVALIERS-TONNERRE !!
JE TE LE SOUHAITE !! SSIN N'EST PAS TRÈS PATIENT, ALLONS INSPECTER LES TRAVAUX !!
APRÈS TOI, Ô HÛRL !

LES NAINS CROIENT EN UN SOI-DISANT ESPRIT QUI VIVRAIT À L'INTÉRIEUR DU PIC DE LA MER ET LE PROTÉGERAIT. CERTAINS D'AILLEURS REFUSENT MÊME DE CREUSER !!
IL N'Y A QU'À LES PENDRE !!
C'EST DÉJÀ FAIT !!!
LES TRAVAUX AVANCENT-ILS, MAÎTRE ARCHITECTE ?
MALHEUREUSEMENT, LENTEMENT, MAÎTRE MIRLIN !! L'ANCIENNE GALERIE PRINCIPALE EST TOTALEMENT OBTURÉE PAR DES TONNES DE PIERRES, AINSI D'AILLEURS QUE LES GALERIES ANNEXES CONNUES MENANT VERS L'INTÉRIEUR DU PIC. IL NOUS FAUDRA AU MOINS UNE SAISON POUR TOUT DÉGAGER !! ET ENCORE...
23

BRRooooMMM
BRRooooMMM
À PARTIR D'AUJOURD'HUI, JE VOUS NOMME PERSONNELLEMENT RESPONSABLE DE TOUT CE QUE J'ESTIMERAI ÊTRE UN RETARD !!
C'EST BEAUCOUP TROP, NAIN !! ACCÉLÉREZ LES CADENCES, TRAVAILLEZ DE NUIT, CHÂTIEZ DUREMENT LES TRAÎNARDS !! COMPRIS MAÎTRE ARCHITECTE ?!?
OU... OUI !!
PLUS VITE, MISÉRABLE VERMINE !!
SHKLAK
?!?
LES LÉGENDES DISAIENT VRAI !!
L'ESPRIT !! NOUS AVONS RÉVEILLÉ L'ESPRIT DU PIC !!
LE MALHEUR EST SUR NOUS !! MAUDIT SOIT AREN !!
FUYONS, NOUS AVONS OFFENSÉ L'ESPRIT !!

DI GNI
DI ZDOÏ
DI GINI
MIRLIN JE DOIS M'ABSENTER POUR QUELQUE TEMPS ! SURVEILLE LES TRAVAUX DU PIC DE LA MER ET AREN !! À TRÈS BIENTÔT !
!???!
HA, HA, HA, BIEN, BIEN... PRENDS TOUT TON TEMPS, HURL !!

...AINSI MAINTENANT VOUS CONNAISSEZ TOUS LE LOURD FARDEAU QUI PÈSE SUR NOS BARBES ! J'AI TRAHI CE LOURD SECRET, CAR IL N'A PLUS DE RAISON D'ÊTRE AUJOURD'HUI !! MAIS IL FAIT QUAND MÊME DE
NOREN, NOTRE ROI !
VIVE NOREN !!
NOREN !! NOREN !! NOREN !!
NOREN !! NOREN !! NOREN !!
CENT FOIS MON POIDS EN SEL ROUGE, NOREN, CENT FOIS, Ô ROI !!
MILLE LUTINS, DU CALME !! L'HEURE N'EST MALHEUREUSEMENT PAS À LA LIESSE !!!! FOI DE NAIN, IL NE SERA PAS FACILE D'ARRÊTER LES TYRANS QUI ASSERVISSENT NOS FAMILLES ET NOS PROCHES ! ILS SONT PUISSANTS !!
VIENS, NOREN, J'AI À TE PARLER EN PARTICULIER D'UN FAIT TRÈS, TRÈS IMPORTANT !!

NON, ALLEN, CETTE ENTREVUE NE CONCERNE QUE NOREN ! COMPRENDS ET NE T'EN VEXE PAS !!
MONTE LA GARDE ET VEILLE SURTOUT À CE QUE PERSONNE NE NOUS DÉRANGE !! SOUS AUCUN PRÉTEXTE !!
MAIS...
C'EST UN ORDRE !!
BLAM
JE COMPRENDS TA DOULEUR, ROI NOREN, CAR IL NE FAIT PLUS DE DOUTE QUE TU SOIS LE DERNIER DES ÉLUS DE CETTE TRISTE TRADITION !! MOI-MÊME AUTREFOIS, J'AI EFFECTUÉ CE PÉRILLEUX VOYAGE !! LA FIN EN FUT PLUS HEUREUSE, CAR ALORS SSIN NE HANTAIT PAS ENCORE LE NORD !! MAIS NOUS SUBÎMES LES MENSONGES D'EWANDOR ET LE CAPRICES DE JHÛB !!
COMBIEN DE FOIS AVEC LE ROI ALTEN ET LE SAGE OMEN, QUE LE GRAND NAIN BÉNISSE LEUR BARBE, N'AVONS NOUS PAS MAUDIT LE POIDS D'UN TEL HÉRITAGE !! MAIS NOUS NE SOMMES PAS AUSSI IDIOTS QUE LE SUPPOSAIENT LES PUISSANCES, LOIN DE LÀ !!
AUSSI VAIS-JE TE RÉVÉLER LE SECRET DES ANCIENS ROIS NAINS QUI, DANS LEUR GRANDEUR D'ANTAN, AVAIENT PRESSENTI L'INEXORABLE MENACE QUI S'ABATTRAIT SUR NOUS UN JOUR !! LE JOUR OÙ SSIN SAURAIT !! CE SECRET EST À L'HEURE ACTUELLE, NOTRE SEUL ESPOIR ! LES ANCIENS FIRENT CONSTRUIRE UN PASSAGE CACHÉ MENANT À LA SALLE DE LA ROCHE MAUDITE !!!! TITANESQUE TRAVAIL NAIN !!
MAIS PRÉCAUTION JUDICIEUSE, CAR VINT CELUI QUE L'ON NOMME ESPRIT DE LA MONTAGNE !! IL RASA L'ENTRÉE PRINCIPALE ET LES NOMBREUSES GALERIES...
...POUR S'Y INSTALLER POUR TOUJOURS !!
C'EST LA L'ŒUVRE D'EWANDOR, RUSÉ ET MÉFIANT, QUI CRAIGNAIT QU'UN JOUR, NOUS NOUS DÉBARRASSIONS DE LA ROCHE MAUDITE D'INË !! À PARTIR DE CE JOUR, NOTRE DESTIN FUT SCELLÉ AU PIC DE LA MER... ET AU SAVOIR DE TROIS NAINS ÉLUS !!!!

ILS EN METTENT DU TEMPS LES NAINS ! QUE PEUVENT-ILS BIEN SE RACONTER ?
MORKAÏ PAS CURIEUX, FAIRE CONFIANCE PETIT MAÎTRE !!
TSSS... CRÉTIN D'AKEÏ !!
...L'ENTRÉE ARRIVE ICI, NOREN !!
OUI D'ACCORD, MAIS N'EST-CE PAS PURE FOLIE, QUE D'ALLER AINSI FRAPPER À LA PORTE D'UN TEL GARDIEN, GARDANT PAREILLE RELIQUE, SAGE ITEN ?!? QUELLE CHANCE AVONS-NOUS CONTRE L'ESPRIT ?
JE NE LE SAIS PAS !! MAIS JHÛB DOIT LE SAVOIR ET POURRA SANS DOUTE NOUS ÉCLAIRER ! DE TOUTE FAÇON, NOUS N'AVONS PAS D'AUTRE CHOIX ! BIENTÔT HÛRL TROUVERA ET REMETTRA À SSIN, LA ROCHE MAUDITE, ET IL NE FAUDRA PAS NOUS ATTENDRE ALORS, À BEAUCOUP DE PITIÉ !!
PAR LE PIPEAU DU GRAND NAIN !!
TU PARLES JUSTE, SAGE ITEN, ET JE TE SAIS DEVIN !! IL NOUS FAUT AGIR AU PLUS VITE, NOUS SUIVRONS DONC LE PLAN DONT NOUS AVONS PARLÉ, À LA GRÂCE DU GRAND NAIN !! ET EN SOUHAITANT QUE JHÛB NOUS DÉBARRASSE DE LA ROCHE...
...CE DONT JE DOUTE FORTEMENT !!
39

SSS... UN PASSAGE SECRET, MALINS ÉTAIENT CERTAINS ROIS NAINS... SSS... JE VAIS ICI VOUS ATTENDRE... SSS... NE TARDEZ PAS, JE SENS LE MAL... SSS...
QUAND VOUS SEREZ DEVANT L'ESPRIT DELPHE SIII... NARREZ LUI CE QUE JE VOUS AI DIT... SIII... N'OUBLIEZ PAS QUE C'EST UNE PUISSANCE MINEURE... SIII... SOYEZ AIMABLES... SIII...
PFFF... QUE NE DOIS-JE PAS FAIRE POUR GAGNER DES SELS ROUGES !! QU'EN PENSES-TU, NOREN ?
QUE TU CHOISIS BIEN TON MOMENT POUR NÉGOCIER, FIRFIN !! SI NOUS RÉUSSISSONS, JE TE VERSERAI MILLE FOIS TON POIDS EN SEL ROUGE...
...ET AVEC JOIE, PAROLE DE NAIN !!
LUTIN QUI S'EN DÉDIT !!! ALLONS VITE CHERCHER CE CAILLOU !!
BLOK
SSS... !?!... AJAX !!!... SSS...
SIII... OH NON, NON... SIII... MAGNIFIQUE ÉMISSAIRE DU TOUT PUISSANT ÉCOUTE-MOI !... SIII... AU NOM DU PASSÉ RESPLENDISSANT, ENTENDS-MOI ! ...SIII...
SSS... OUI, OUI... SSS... EN GAGE D'AMITIÉ AU GRAND SSIN... SSS... LOUÉ SOIT SON NOM SSS... NOUS ALLONS TE LIVRER LA ROCHE SOMBRE... SSS...
SIII... NOOON, PITIÉ... SIII...
SSS... MON AMOUR... SSS...
SINISTRE BOUFFON DE LÉZARD, LAISSE-MOI PLUTÔT TE TRANSMETTRE LES VOEUX D'AMOUR DE MON MAÎTRE SSIN !!

CE TUNNEL EST INTERMINABLE, IL EST NAIN !!
ENFIN !! DES ESCALIERS, NOUS ALLONS REMONTER !!
HAHAHAHAH
CE RIRE NE ME PLAIT PAS DU TOUT !!
MORKAÏ NON PLUS !
MMMMHH...
PRÊT ?
HAHAHAHA
KRAK! BKOM
?!.....
BIENVENUE, BIENVENUE PETITS VOYAGEURS INTRÉPIDES !! J'ATTENDAIS DES INVITÉS DU DESSUS, ET VOILÀ QUE VOUS SURGISSEZ DU DESSOUS !! RUSÉS PETITS INVITÉS ...
VOUS ÊTES VENUS LA CHERCHER, N'EST-CE PAS ? JE VAIS VOUS FAIRE UN AVEU... ELLE S'EST BEAUCOUP ATTACHÉE À MOI, DEPUIS...
... TROP LONGTEMPS !!!
HAHAHAHA
IL EST FOU À LIER !!
LUI GRAND, MAIS MORKAÏ PAS PEUR !!
MAUDITES SOIENT TOUTES CES PUISSANCES DÉMENTES !!!

MA PETITE, MA TOUTE PETITE PIERRE ! MA CHÉRIE COMME JE T'AIME !! JE LA GARDE AVEC AMOUR, QUELQUES FOIS ELLE ME PARLE !!
HAHAHA, HA
CE PERFIDE REPTILE VOUS A ENVOYÉ ICI POUR ME LA VOLER ET UTILISER SA PUISSANCE POUR SE REPRODUIRE !!
HAHA
ELLE EST À MOI !!
HAA
HMM... DELPHE LE BIENVEILLANT, NOUS SOMMES VENUS CHERCHER LA ROCHE !! JHÛB NOUS A ...
JHÛB !!
INVITÉS, JE NE VOUS AIME PLUS !! VOULEZ-VOUS MOURIR ?
TU ES COURTOIS, DELPHE, TU SAIS OFFRIR LA MORT !!!
AAAAH !!... NOREN, NOREN !!
PAS BON !!
JE TE CONNAIS, TOI ! OUI, OUI TU AS BEAUCOUP CHANGÉ, MAIS TU NE ME TROMPE PAS !! TU ES...
HAHAA
CHÂNT, LE CHEVALIER-LUMIÈRE !!
HAHAH
TU N'AURAIS PAS DÛ PRONONCER CE NOM !
?!
HYAAAAAAAAAA
NON !! IMBÉCILE, NON, TU VAS...
SHLOFF
TOUS NOUS...
TUER !!
?
!!

?
KLCH
ZZZZNNN
!!
ZZZZNNN
RENDS-LA MOI !!
?!
FUYONS !!
AAAH

BLBLLUB
RHHHSSS... DE... DE L'AIR !!
UN NAIN DES PROFONDEURS !!
À... À L'AIDE... ICI !!
FFFOUU... JE NOUS CROYAIS... TOUS MORTS !!
OUI... MORKAÏ A ENCORE FAIT... TRÈS FORT ! OÙ... OÙ EST-IL ?
LA ROCHE !! IL A LA ROCHE !!
PAS BON ÇA ! HÛRL TROP FORT ! OÙ ÊTRE PETIT MAÎTRE ? LUI DIRE À MORKAÏ QUOI FAIRE ?!
AKEÏ !!
ATTENDS, NOUS AVONS À PARLER TOUS DEUX !!
MORKAÏ PENSER, FUIR !!
NUL NE M'A JAMAIS ÉCHAPPÉ, AKEÏ !!

HHOOAAA !! HOA !
HÛRL PAS RIRE !!
?!
HALTE !!
VOUS RIEN À FAIRE LÀ GÊNEZ MORKAÏ !!
OUCH
COURS, AKEÏ, COURS !! NE TE RETOURNE PAS !
CAR QUAND TU ME VERRAS, LA MORT TE CARESSERA !
QUEL DRÔLE DE FEU DE JOIE !! MORKAÏ NE VA JAMAIS S'EN SORTIR !! HÛRL VA LE FOUDROYER !
JE NE CROIS PAS, PAS TANT QUE MORKAÏ AURA LA ROCHE !! FIRFIN IL EST TEMPS D'APPLIQUER LE PLAN D'URGENCE ! REJOIGNONS LA RÉSISTANCE !!
HOA HOA
HALTE SAUVAGE !! OÙ TU VAS MOURIR !!

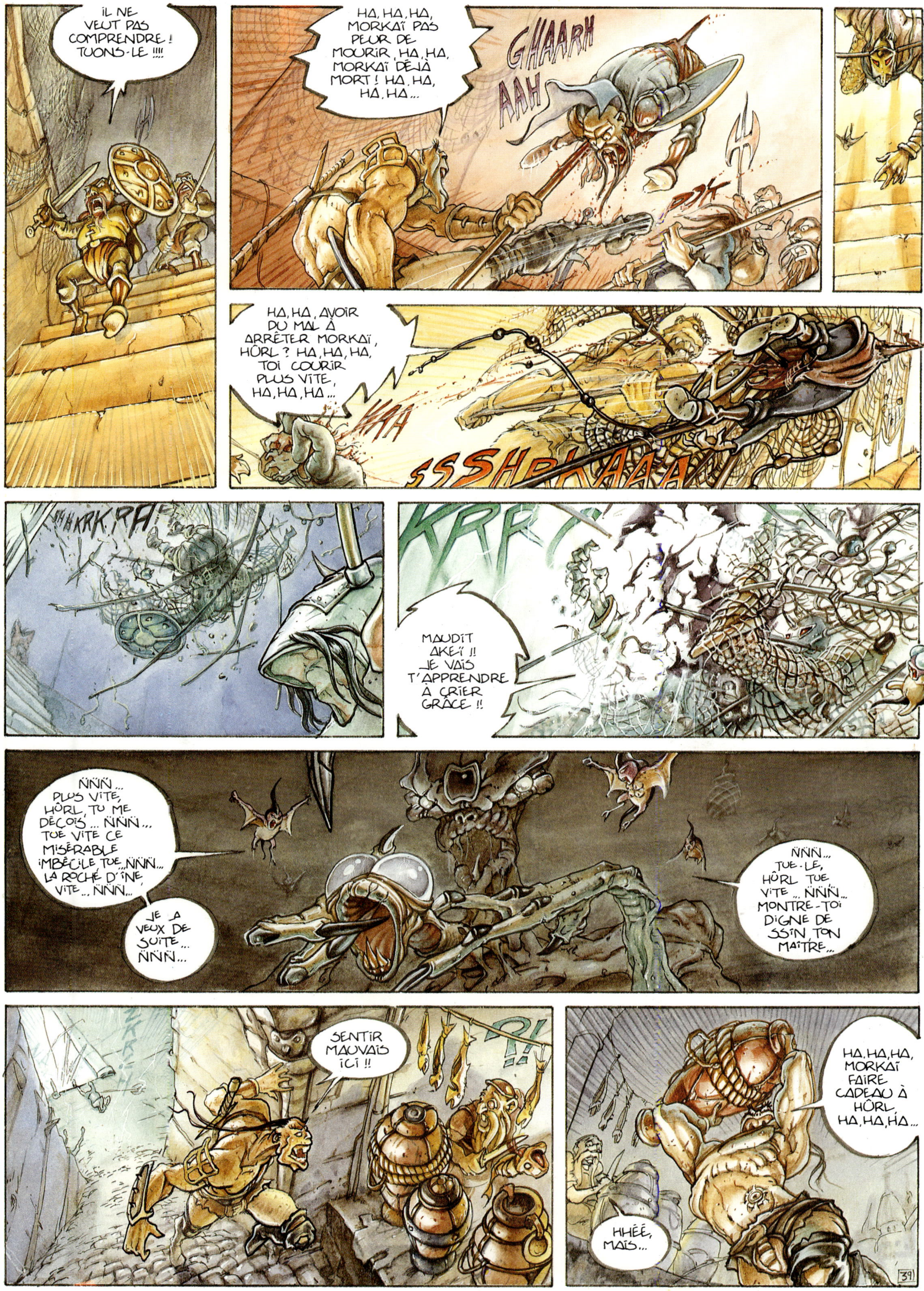
IL NE VEUT PAS COMPRENDRE ! TUONS-LE !!!!
HA, HA, HA, MORKAÏ PAS PEUR DE MOURIR, HA, HA, MORKAÏ DÉJÀ MORT ! HA, HA, HA, HA...
GHAARH AAH
HA, HA, AVOIR DU MAL À ARRÊTER MORKAÏ, HÜRL ? HA, HA, HA, TOI COURIR PLUS VITE, HA, HA, HA...
HAA
SSSHRKAAA
KRKRA
KRR
MAUDIT AKE-Ï !! JE VAIS T'APPRENDRE À CRIER GRÂCE !!
ÑÑÑ... PLUS VITE, HÜRL, TU ME DÉÇOIS... ÑÑÑ... TUE VITE CE MISÉRABLE IMBÉCILE TUE... ÑÑÑ... LA ROCHE D'INE VITE... ÑÑÑ...
JE LA VEUX DE SUITE... ÑÑÑ...
ÑÑÑ... TUE-LE, HÜRL TUE VITE... ÑÑÑ... MONTRE-TOI DIGNE DE SSÏN TON MAÎTRE...
SENTIR MAUVAIS ICI !!
HA, HA, HA, MORKAÏ FAIRE CADEAU À HÜRL, HA, HA, HA...
HHÉÉ, MAIS...

BROBOLOMBOK
TU GAGNES DU TEMPS, AKEÏ, QUE DU TEMPS !!
KRSPLACHH
ZI?!
NOUS ALLONS ATTAQUER LE PALAIS ET RENVERSER AREN ! C'EST LE MOMENT OU JAMAIS, FIRFIN !!
JE PRÉFÈRERAIS JAMAIS !! MORKAÏ N'AURA JAMAIS LE DESSUS SUR HÜRL !!
MILLE FOIS TON POIDS EN SEL ROUGE !!
TSSS...
?!
GRRRAAAAA
ÑÑÑ... BIENTÔT BIENTÔT MON INÉ... ÑÑÑ... MA ROCHE TA VIE, MON ESPOIR... ÑÑÑ... MA VENGEANCE...

ET MAINTENANT, AKEÏ, VOYONS JUSQU'À QUEL POINT, TU SAIS RIRE !!
ZKRCHHH
POOOOC
iEAA
HÛRL PAS CONTENT, FAIRE DU BRUIT !! MORKAÏ SE CACHER ET ATTENDRE PETIT MAÎTRE !!
OÙ SONT TES AMIS ?
POOOOOOOOOO
DERRIÈRE LE PALAIS, ATTENDANT MON SIGNAL ! POURVU QUE MORKAÏ TIENNE ! NOUS AVIONS ENVISAGÉ AVEC ITEN CETTE SITUATION DÉSESPÉRÉE !
DÉSESPÉRÉE !! C'EST CHAGRIN COMME PROPOS !!
PENSE À TES SELS, FIRFÏN, ET COURS !!
CE NAIN DE NOREN A TOUT COMPRIS À LA SENSIBILITÉ LÏN !!
?!
TU AURAIS FAIT UN EXCELLENT CHEVALIER-TONNERRE, AKEÏ ! TU TUES BIEN !!
TU ES LÀ, JE SENS TA PRÉSENCE !!!
!!

OÙ TE CACHES-TU AKEÏ ?
MORKAÏ ICI !!!
LÀ, IL EST LÀ !! À MOI LA GARDE !!
LAISSE ! TU VIENS DE ME JOUER TA DERNIÈRE ASTUCE, AKEÏ ! PERSONNE N'ÉTAIT JAMAIS VENU À BOUT DE MON GRÔLBAR !!
MORKAÏ HEUREUX ÊTRE LE PREMIER !! TOI TRÈS FORT AUSSI ! TOI DEVOIR DONNER VRAI COMBAT GUERRIER À MORKAÏ, SANS BROUM-BROUM !!
DÉPOSE D'ABORD LA ROCHE, ELLE SERA NOTRE ENJEU !!
PROFITE VITE DE MON OFFRE GÉNÉREUSE, MORKAÏ, C'EST RARE ET PRÉCIEUX ! TU AURAS TON COMBAT !!
MORKAÏ D'ACCORD !!
POK

TRAITRISE !!!... ÑÑÑ... HÖRL EST DEVENU SENTIMENTAL... ÑÑÑ... TANT PIS POUR LUI... ÑÑÑ...
JE VAIS FAIRE APPEL À TOUTE MA PUISSANCE... ÑÑÑ...
TOUTE MA PUISSANCE... ÑÑÑ... TOUTE ÑÑÑ...
MILLE LUTINS, VOUS ÊTES TOUS LÀ !!
OUI, ET D'AUTRES NEUTRALISENT LA GARDE D'AREN À TRAVERS TOUT LE PAYS !!
LE SEUL PROBLÈME DANS VOTRE PLAN, C'EST HÖRL !!
J'AI CONSULTÉ LES ASTRES, ET PAR UN CURIEUX DESTIN QUI M'EST OBSCUR, IL NOUS SONT FAVORABLES !
BEN TIENS ! TSSS... LES NAINS SONT TROP FOUS, JE FERAIS MIEUX DE DÉGUERPIR, ÇA VA MAL FINIR !!
ÇA S'AGITE DRÔLEMENT CHEZ LES DEMI-PORTIONS !! TIENS, VOILÀ HÖRL ?!... IL VA SE BATTRE !? CONTRE QUI ? ÉTRANGE, ÇA SENT MAUVAIS !!
!?!
Ô GRAND AREN !! DES REBELLES ATTAQUENT LE PALAIS EN MASSE !!!!
QUOI !! CONTRE-ATTAQUEZ ! RÉPRIMEZ ! PUNISSEZ ! OÙ EST HÖRL AU FAIT ?! BURP !
COMPRIS !! IL EST TEMPS DE TIRER MA RÉVÉRENCE !! ADIEU AREN LE GROTESQUE !!

KLING
KLIN
HOA
MORKAÏ PAS ENCORE BATTU !!
TU ES RAPIDE, MAIS ÇA NE SUFFIT PAS CONTRE MOI !!
!?!
TU N'ES PAS VENU SEUL, AKEÏ !! MAIS ÇA NE CHANGERA RIEN !! ON NE PEUT S'OPPOSER À SSÏN LE PUISSANT !
SUFFIT, TU M'AS ASSEZ DISTRAIT !!
KIAH
ROA

PENDANT QUE CES CRÉTINS S'ENTRETUENT, VISITONS TRANQUILLEMENT LES LIEUX !! HÉ ?!? D'OÙ VIENT CE BRUIT ?!
ET VOILÀ, HA, HA, HA, LE MONTANT D'UN SALAIRE HONNÊTEMENT MÉRITÉ, HA, HA ...
HA, HA, NON, JE N'AI RIEN OUBLIÉ !! MERCI LES NAINS, HA, HA, ADIEU LES NAINS !! HA, HA, HA...
ET MAINTENANT LE FINAL !! JE M'ÉCLIPSE DISCRÈTEMENT EN NE LAISSANT QUE DES REGRETS...
...ET UN LÉGER TROU DANS LE TRÉSOR NAIN !! HA, HA, HA...
?!
MIRLIN !! MES SELS !!
TOI !?! ICI !?!
ALORS GRAND-FRÈRE, ON VOULAIT ME DÉROBER MES SELS ? TSSS ...
PITRE, CE NE SONT PAS TES SELS !! JE LES MÉRITE CENT FOIS PLUS QUE TOI, PETIT FRÈRE !! JE SUIS DU COTÉ DU PLUS FORT !!
C'EST CE QU'ON VA VOIR TOUT DE SUITE !!
ATTENDS !! NE FAIS PAS L'IDIOT, FIRFIN ! ÉCOUTE NOUS SOMMES UN TOUS DEUX, ET FRÈRES DE PLUS...
ÑÑÑ... MAINTENANT ROCHE D'ÏNË, MAINTENANT... ÑÑÑ...
...VIENS À MOI !!!...

!?!
HEUAA
Ô SSÎN !!
N'AS-TU PLUS CONFIANCE EN MOI POUR M'ABANDONNER AINSI ? JE T'AURAIS RAPPORTÉ LA ROCHE !!
ENFIN !!
... ÑÑÑ... APRÈS TOUS CES SIÈCLES, JE TE CONTEMPLE À NOUVEAU... ÑÑÑ... Ô PUISSANTE ROCHE... ÑÑÑ...
VOIS TON ERREUR EWANDOR !!... ÑÑÑ... RIEN NE PEUT M'ÉCHAPPER... ÑÑÑ... RIEN... ÑÑÑ...
SI, LES SENTIMENTS ET L'AMOUR D'ÏNË !! ILS T'ÉCHAPPERONT !!
ÑÑÑ... TES PERSIFLAGES NE ME TOUCHENT PAS... ÑÑÑ... TU AS CRACHÉ TOUT TON VENIN... ÑÑÑ...
ÑÑÑ... JE VAIS RENDRE LA VIE À ÏNË... ÑÑÑ...
... MON ÏNË...
... ÑÑÑ...

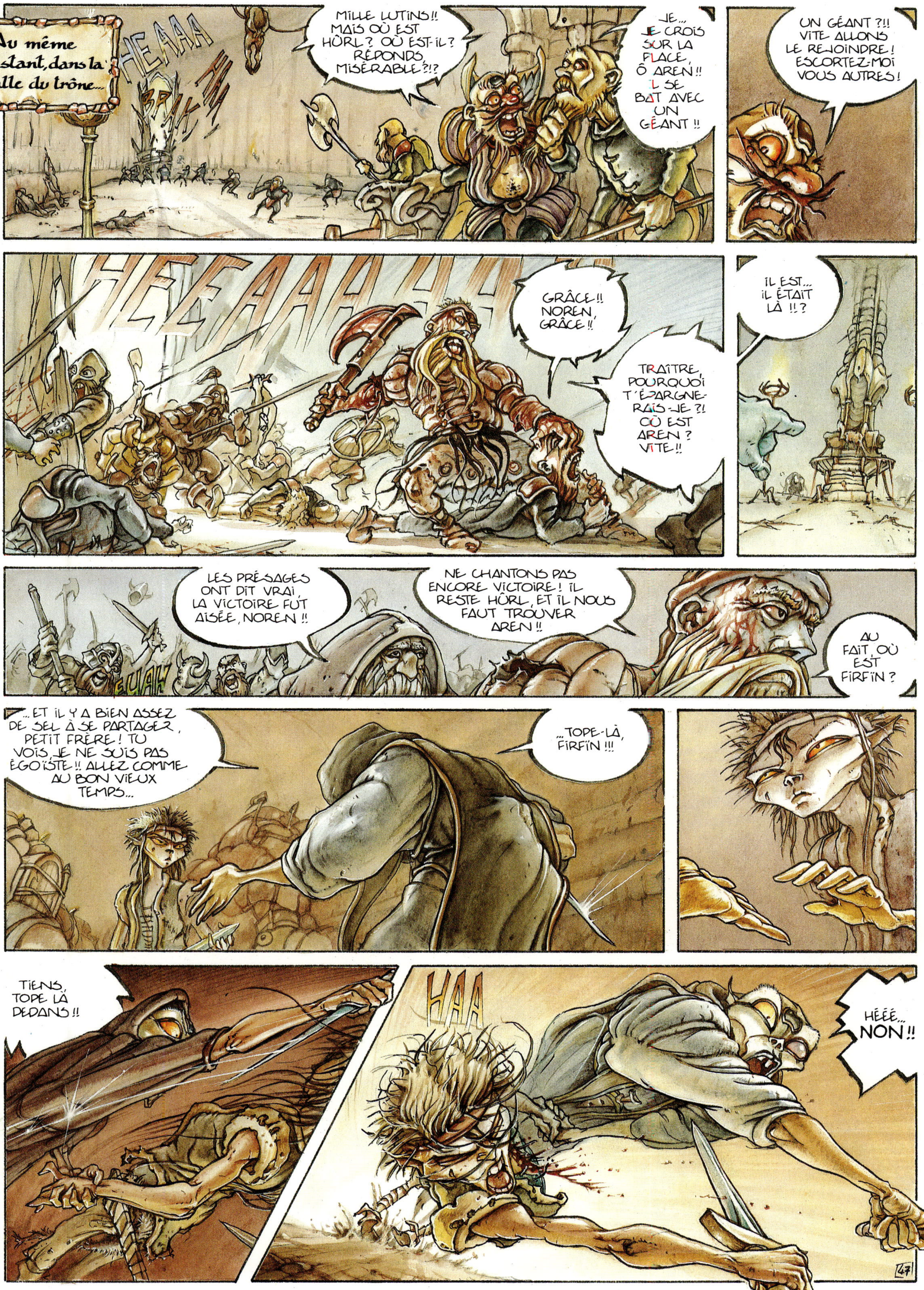
Au même instant, dans la salle du trône...
HEAAA
AAA
MILLE LUTINS !! MAIS OÙ EST HÜRL ? OÙ EST-IL ? RÉPONDS, MISÉRABLE ?!?
JE... JE CROIS SUR LA PLACE, Ô AREN !! IL SE BAT AVEC UN GÉANT !!
UN GÉANT ?!! VITE ALLONS LE REJOINDRE ! ESCORTEZ-MOI VOUS AUTRES !
HEEAAAAA
GRÂCE !! NOREN, GRÂCE !!
TRAITRE, POURQUOI T'ÉPARGNE-RAIS-JE ?! OÙ EST AREN ? VITE !!
IL EST... IL ÉTAIT LÀ !! ?
LES PRÉSAGES ONT DIT VRAI, LA VICTOIRE FUT AISÉE, NOREN !!
NE CHANTONS PAS ENCORE VICTOIRE ! IL RESTE HÜRL, ET IL NOUS FAUT TROUVER AREN !!
AU FAIT, OÙ EST FIRFÏN ?
... ET IL Y A BIEN ASSEZ DE SEL À SE PARTAGER, PETIT FRÈRE ! TU VOIS, JE NE SUIS PAS ÉGOÏSTE !! ALLEZ COMME AU BON VIEUX TEMPS...
... TOPE-LÀ, FIRFÏN !!!
TIENS, TOPE LÀ DEDANS !!
HAA
HÉÉÉ... NON !!
47

HAAARH !!!
PTOÏNG
?! Vi... VITE... PRESSONS-NOUS DE TROUVER HÔRL !!!
NON... PAS MAINTENANT... C'EST TROP... IN... JUSTE !!
TSSS... C'EST TRÈS JUSTE, AU CONTRAIRE !! TU AS VOULU ME VOLER MES NAINS, ET APRÈS MES SELS !!
MAIS JE NE SOUHAITAIS PAS TA MORT, MIRLIN !!
HÉ, HÉ, BON ET MAINTENANT ?!...
ÎNË... ÑÑÑ
MON ÎNË... ÑÑÑ... MON ÎNË... ÑÑÑ...
ÑÑÑ... MAINTENANT MON AMOUR... ÑÑÑ... REPRENDS GOÛT À LA VIE... ÑÑÑ... TA VIE... ÑÑÑ...

Ô, INË REPRENDS VIE !! JE SUIS À JAMAIS TON HÉRAUT !!
?!
HÔÔÔ MON ÂME ! HÔÔÔ LOIN, SI LOIN HÔÔÔ MON ÂME !
QUI SUIS-JE ?
CALME CALME-TOI MON INË, ÑÑÑ...
HÔÔÔ QUI ÊTES VOUS ? HÔÔÔ OÙ SUIS-JE ?
QUI SUIS-JE ?
ÑÑÑ... INË TU ES ! MON INË !!... ÑÑÑ... COMME TU ES BELLE... ÑÑÑ... TU REVIENS DES LIMBES DE L'OUBLI... ÑÑÑ... SOUVIENS-TOI MON AIMÉE... ÑÑÑ... JE SUIS TON ÉPOUX...
...SSIN LE PUISSANT !!
HÔÔÔ IMPOSSIBLE HÔÔÔ SSIN EST BEAU ET BON MON AMOUR IL EST !! HÔÔÔ
HÔÔÔ
QUI ÊTES-VOUS ?
ÑÑÑ... LÀ, JE SUIS LÀ... ÑÑÑ... Ô MON AMOUR, MODÈRE TES PAROLES... ÑÑÑ... J'AI TELLEMENT SOUFFERT... ÑÑÑ... LAISSE PARLER TON ÂME !
VOIS SSIN, MES PRÉDICTIONS S'ACCOMPLISSENT !! ELLE NE SERA PLUS JAMAIS À TOI !! TU AS TROP CHANGÉ, ELLE NE TE RECONNAIT PLUS !!
EWANDOR !! HÔÔÔ VOUS TORTUREZ MON ÂME !! HÔÔÔ
SSIN OÙ ES-TU ?
NOOH
ASSEZ !! ÑÑÑ... ASSEZ... ÑÑÑ... TOI EWANDOR, TU M'AS TOUT VOLÉ... ÑÑÑ... TOUT... ÑÑÑ... SOUFFRE OUI SOUFFRE !! ÑÑÑ...
VOS DISCOURS FONT PEUR, HÔÔÔ !!
HÔÔÔ OÙ EST CHANT MON HÉRAUT ? HÔÔÔ ALINOR ALLER À ALINOR !! CITÉ...
...DES PUISSANCES !!
HÔÔÔ MON ÂME EST SOURDE HÔÔÔ JE LE SENS, VOUS ÊTES MAUVAIS
OÙ EST MON SSIN ?
HÔÔÔ

JE SUIS LÀ, INË !! JE NE PEUX RIEN POUR TOI ! Ô SSÎN, COMPRENDS LA, NE LUI FAIT PAS DE MAL !!!
CHANCE À MORKAÏ !! HÜRL PLUS SA TÊTE !!
TU N'IRAS NULLE PART... ÑÑÑ... J'AI DÉTRUIT ALINOR ...ÑÑÑ...
HÔÔÔ LÂCHEZ-MOI ! MAL !
ATTENTION MAÎTRE HÜRL !! DERRIÈRE VOUS !!
HHHH...
ÑÑÑ... JE NE TE PERDRAI PAS UNE DEUXIÈME FOIS... TU M'APPARTIENS... ÑÑÑ... À JAMAIS !...
KLANG
!
HÜRL... TRÈS... FORT !!
TU ES MORT EN BRAVE, MORKAÏ !!
À MOI, MAÎTRE HÜRL !! LES REBELLES ONT OSÉ S'EN PRENDRE À NOUS !! LES MISÉRABLES, FAIS LEUR COMPRENDRE LEUR FOLIE, HÜRL !
AREN EST LÀ-BAS !!... À CÔTÉ DE HÜRL !
EN FORMATION SERRÉE ! FORMEZ LE CARRÉ NAIN !
SON NUAGE A DISPARU !! QUE SE PASSE-T-IL ?

ÑÑÑ... Ô MON INË TON SSIN T'A CHOISI... ÑÑÑ... LE MEILLEUR DES DESTINS ... ÑÑÑ... LA MORT N'EST PAS MAUVAISE... ÑÑÑ... QUAND LA VIE EST DOULEUR...
...ÑÑÑ... JE SAIS CE QU'IL ME RESTE À FAIRE...
MAIS QUE T'ARRIVE-T-IL MAÎTRE HÜRL ? PAR LE PIPEAU DU GRAND NAIN, RÉAGIS !!
HEAA
N'OUBLIE PAS NOTRE DEVOIR ENVERS SSIN !!
SILENCE BOUFFON !! JE N'AI PLUS AUCUN DEVOIR ENVERS PERSONNE !!
...SURTOUT UN NAIN !!
QUE FAISONS-NOUS, Ô ROI NOFEN !?!
RIEN !! LAISSEZ... TROP DE SANG NAIN A DÉJÀ COULÉ !! BEAUCOUP TROP... POUR QUEL RÉSULTAT, HÜRL ?
SOIS HEUREUX, NAIN ! SSIN NE VOUS NUIRA PLUS, IL A ÉCHOUÉ, INË NE SERA PLUS JAMAIS !! SANS INTÉRÊT À SES YEUX, VOUS ÊTES LIBÉRÉS À TOUT JAMAIS DES PUISSANCES !!
...QUANT À MOI...
JE VOUS LAISSE ! JE NE SUIS PLUS RIEN, J'AI TOUT PERDU DE MA GRANDEUR PASSÉE, JE SUIS À JAMAIS...
...LE DÉPOSSÉDÉ !!!!
BLOK
51

SHKRrri
HOLÀ, NOBLES NAINS, OÙ EST VOTRE ROI, NOREN ? QUE JE LUI FASSE PART DE MES HAUTS FAITS !!
JE N'AI PAS ÉTÉ INEFFICACE, NOREN !!
VOIS, J'AI SAUVÉ VOTRE TRÉSOR DE LA RAPACITÉ DE MIRLIN !!
MMOUI... LOGIQUE !! TU NE POUVAIS PAS FAIRE MOINS QUE SAUVER TON SALAIRE ! TU ES UN LIN !!
CHAQUE RACE À SES PENCHANTS ! VOIS, LES AKEÏ NE PENSENT QU'À SE BATTRE !
D'AILLEURS, OÙ EST-CE BALOURD DE MORKAÏ ?
HOOO
KLAK
DERRIÈRE !
Ssin, depuis, règne au centre de la terre, dans les flammes du tourment éternel !! Divinité de son enfer, il juge à jamais les intrigants d'amours trahies ...

QU'À JAMAIS SOIENT MAUDITES LES PUISSANCES !!
53

BON!
...ET BIEN JE... VOILÀ QUOI ...
ON À VECU DE BONS... ENFIN, DES MOMENTS, DONT ON ÉCRIT LES LÉGENDES... CHEZ LES LINS DU MOINS !!
CHEZ LES NAINS AUSSI, FIRFIN !!
ET PUIS TE VOILÀ ENFIN RICHE !! MILLE LUTINS, LE TRÉSOR NAIN S'EN EST RESSENTI !!
OUI, MAIS TU POURRAS TOUJOURS LEVER DES IMPÔTS, MAINTENANT QUE TU ES ROI D'UN PAYS LIBÉRÉ DE SA MALÉDICTION !!
C'EST TOI LA PUISSANCE MAITRESSE AUJOURD'HUI, NOREN !!
56
FIN

TZCCHH
TZCCHH